U0066100

普天之下·鳌品好書
普天出版家族
Popular Press Family

凌雲文創
A Plus
Creative Company

蕭紅 ———— 著

THE STORY OF HULAN RIVER

呼蘭河傳

《追憶似水年華》

蕭紅，30年代中國文壇最負盛名、最活躍、最有才氣的女作家，
深受魯迅、茅盾等名作家賞識，讚譽她的作品寫出了窒息年代中人民對生的堅強與對死的掙扎。
《呼蘭河傳》以夢幻般的筆法勾畫了一個平靜而飽含幽怨的寂寞世界，
宛如掠過無聲黑夜的璀璨極光，堪稱是中國現代文學中永垂不朽的經典之作……

【名家推薦】

曾經對生活寄以美麗希望，但又屢次幻滅的人是寂寞的。呼蘭河小城是蕭紅生命的起點，充滿著各式各樣的想像和色彩，可是逝水一般的年華卻又那麼刻板單調；在漂泊的歲月和戰爭的煙硝中，即將走到生命終點的蕭紅仍懷著最美好的憧憬，忍住寂寞的心情，以含淚的微笑追憶這寂寞的小城。

《呼蘭河傳》是一串淒婉的歌謠組成的夢幻詩篇。蕭紅把自己對生命的體驗與感悟，孤獨與憂傷、寂寞與悵惘，真誠地融入一篇篇追憶，透過渾樸簡婉的筆調與洗盡鉛華的輕淡詞句，愈發烘襯出那個幽暗、冰冷的、令人窒息的時代……

• 蕭紅在香港寫的《呼蘭河傳》感人至深，我閱此書後，逕去淺水灣她墓前憑弔一番，深恨未能得見此才女……

——武俠文學泰斗 金庸

● 我看蕭紅的文字，感覺有一種純潔的靈魂。北方人民對於生的堅強，對於死的掙扎卻往往已經力透紙背；女性作品的細緻的觀察和越軌的筆致，又增加了不少明麗和新鮮。

——名作家魯迅

● 蕭紅是二十世紀中國最優秀的作家之一。我相信蕭紅的書，將成為此後世世代代都有人閱讀的經典之作。

——文學評論家夏志清

● 它是一篇敘事詩，一幅多彩的風土畫，一串淒婉的歌謠。有諷刺，也有幽默。開始讀時有輕鬆之感，然而愈讀下去心頭就會一點一點沉重起來。可是，仍然有美，即使這美有點病態，也仍然不能不使你眩惑。

● 她寫的都是生活，她的人物是從生活中提煉出來的，活的。不管是喜是悲都能使我們產生共鳴，好像我們都很熟悉似的……她是憑個人的天才

——名作家茅盾

和感覺在創作。

—— 文學評論家 胡風

‧她的文字簡單樸素，並且能用文字來繪畫，她的每部作品題材風格敘事觀點感受都不一樣，她的敘述觀點能在寫作中自如轉換。這些都是我認為好作家的品質。

—— 美國漢學家 葛浩文

‧蕭紅確實是一個不折不扣的理想主義者。在中國現代文學史上，蕭紅是繼魯迅之後的一位偉大的平民作家。她的《呼蘭河傳》和《生死場》，為中國大地立傳，其深厚的悲劇內容，以及富於天才創造的自由的詩性風格，我以為是唯一的。

—— 作家 林賢治

【出版序】

每個人心中都有一條寂寞的河

—— 蕭紅和《呼蘭河傳》

蕭紅含著眼淚，用纖細柔弱的筆，寫盡了似水年華恆遠的悲涼與輪迴，將天真與無邪、孤獨與寂寞糾結在一起，使《呼蘭河傳》彌漫著別具況味的風采。

● 王 渡

每個人心中都有一條寂寞的河，緩然無聲地流淌著，河上浮沉著生命歷程裡曾經有過的歡樂和憂傷，河底則沉澱著逝去的年華與現實生命中的悸動和感悟。

三十年代最負盛名，也最具才情的女作家蕭紅，心中也有一條寂寞的河。

一九四○年的香港，蕭紅寂寞地離開紛擾塵世的前年，心中那條寂寞的河不住地在孱弱的軀體翻騰，漾起一朵朵追憶過往的漣漪。在慘白的病房中，她提起筆寫下了對北方家鄉最後一次深沉的呼喚，完成了不朽的名著《呼蘭河傳》。這是她臨終的淒艷絕唱，也是一生中最完美的作品。

那時，她只有三十一歲，因為感染肺結核而被切開喉管，嘴巴不能言語，一個人孤獨地待在醫院，在戰爭的炮火中等待死神降臨。她斂藏起自己短短一生的悲歡，把心中的沉痛塵封起來，在病床上輾轉反側，執著而艱難地握著筆，一句一句寫下自己對家鄉的愛戀。

越是接近生命的終點，蕭紅越是堅韌，她要勇敢地超脫了自己和這個塵世。

蕭紅，原名張迺瑩，是三〇年代中國文壇最負盛名，也最有才氣的女作家，文筆沉鬱優雅，擅長勾勒動亂流離的真實生活面貌，作品深受魯迅、茅盾……等名作家激賞。在不到十年的創作生涯中，蕭紅總共留下了近百萬字的作品，堪稱是中國新文學的一顆耀眼明星。

一九一一年六月二日，蕭紅出生於黑龍江呼蘭城的一個大地主家庭，開始了不幸而孤獨的童年。

蕭紅的父親張廷舉是當地士紳，平日不僅對佃戶奴僕殘暴，對她也十分冷峻嚴厲。此外，她的祖母不喜歡她，母親更是對她惡言惡語。在這種寂寥冷清的環境中成長，蕭紅經常孤單地徜徉在自家的後花園編織童年的夢幻，唯一可以讓她

感受到親情慰藉的是從小教她背詩、和她玩耍的祖父。

蕭紅在哈爾濱讀中學時，受到五四新文學思潮的影響，一邊醉心於寫作、繪畫，一邊大量閱讀新文學作家和西方文學作品，使她有了嶄新的視野與精神境界。

一九三一年，當蕭紅長大成一個亭亭玉立的少女時，她的父親百般逼迫她必須嫁給一個舊軍閥的兒子，她斷然拒絕，並決定和封建家庭決裂，逃出父權的控制。

但是，現實的黑暗社會對一個不經世事、孤立無援的少女而言，無疑是比封建家庭更殘酷的猛獸。蕭紅不幸被騙，墜落災厄的深淵。

她離家出走後和汪殿甲相識，兩人在哈爾濱一家旅館裡同居一段時間。不久，汪殿甲以回家取錢為藉口，絕情地拋棄下懷孕而又患病的蕭紅，從此他再也沒有在蕭紅的生命中出現過。

重病纏身、無力償還積欠旅館費用的蕭紅，面臨了被旅館老闆賣為娼妓的威脅，走投無路之際，只得寫信向當地的報館求援。

當時擔任報社編輯的蕭軍得知消息後前往旅館探視，孤苦無援的蕭泛紅著眼向蕭軍吐露了自己的不幸遭遇，蕭軍看了她寫下的美麗而又哀怨的小詩，心絃不

禁為之震動，決定救她脫離苦海。終於，在一個暴風雨侵襲的黑夜，蕭軍趁著洪水氾濫之際順利救出蕭紅。

蕭紅脫困後分娩在即，但迎面而來的是飢寒交迫的日子。蕭軍為了籌措生活費用經常出入當鋪，兩人過著四處借貸的日子。後來，蕭紅在一家破舊醫院裡生下了一個女嬰，由於實在養不起這個女嬰，便由醫院門房把這個孩子抱走。

在這樣的苦難日子裡，蕭紅和蕭軍仍然堅持寫作，不久便共同孕育出了他們的第一本文集——《跋涉》。

一九三四年六月，蕭紅和蕭軍兩人輾轉流離到了青島，在當地一幢小閣樓裡，蕭紅寫下長篇小說《生死場》，隨後兩人風塵僕僕前往上海，將這部嘔心之作送交當時的文學宗師魯迅指正。

魯迅讀完甚為激賞，除了照料兩人的生活外，還特地為《生死場》撰文作序，從此奠定了蕭紅在中國文壇的重要地位。

蕭紅成名了，但是一生中最美好的時光不久卻宣告結束了。她和蕭軍之間因為性情不合發生了衝突，兩人的爭吵日益激化，性格暴躁的蕭軍動手打了蕭紅，對蕭紅的身心造成難以治癒的創傷。

為了紓緩情感的衝突，蕭紅悵然前赴日本，而蕭軍則回到青島。客居兩地的蕭紅與蕭軍雖然彼此思念，但是當兩人重新聚首後，矛盾卻更加激化，彼此的猜忌和怨恨越演越烈，最不得不分手。

經過一番猶豫和痛苦掙扎，蕭紅把自己的情感和命運，寄託給了另外一個作家端木蕻良。

一九三八年夏天，蕭紅與端木蕻良在武漢舉行婚禮，新婚之時蕭紅正懷著蕭軍的孩子，不過孩子出生幾天後就夭折了，至此她與蕭軍之間可說緣盡情斷。

她曾經深愛蕭軍，「二蕭」也曾是三○年代文壇的一段佳話，但誰也沒想到，最後這段患難感情竟是以勞燕分飛收場。

蕭紅和端木蕻良相處的歲月裡，兩人互相勉勵，寫下不少優秀作品。中日戰爆發後，蕭紅懷著心靈創痛和端木蕻良遠走香港至此，她人生的最後一段歲月就注定寂寞。

由於被迫東躲西藏，加之醫藥匱乏，身體虛弱的蕭紅不幸感染了肺結核，而且病情日益嚴重，最後住進了瑪麗皇后醫院。

一九四二年一月二十三日十一點，淒寒的冬日上午，飽受病魔折騰的蕭紅嘴

唇漸漸轉黃，臉色越來越灰暗，吼嚨處的傷口湧出泡沫，不久心臟停止跳動了。

年僅三十一歲的她經過十年漂泊，在瑪麗皇后醫院裡嚥下了生命的最後一口氣息。

蕭紅死後葬在香港淺水灣，蔚藍而沉靜的海濱。大海或許是寬容的，接納了

每條寂寞的河流，但蕭紅依舊是寂寞的。

蕭紅是一個身心都遭受過摧殘的不幸女性，也是一個被家庭、愛情和社會放

逐的孤獨靈魂。但是，她氣若遊絲地撰寫《呼蘭河傳》之時卻能超越自我，不流

於顧影自憐的哀歎怨尤，而是泛著微笑的淚光，「向著溫暖和愛的方面，懷著永

久的憧憬和追求」致力寫作。

一部優秀的作品不僅在於主題深刻，也在於散發深厚的情感，特別是在字裡

行間表達了屬於作者本身的獨特人生體驗，否則即使整部作品用最華麗精妙的文

字堆砌而成，也不過是不知所云的文字遊戲。

蕭紅無疑是那種將自己全身心投入作品的作家，文字便是她靈魂的自傳。在

《呼蘭河傳》裡，她並未故意炫耀、賣弄文采，也沒有矯揉造做的文人姿態，流

露的是與自然萬物相融合的美好品性。

蕭紅是文學天才，她以獨特的筆調寫就的《呼蘭河傳》是新文學中極為難得的經典之作。她把自己對生命的體驗與感悟，誠摯地融入書中，把自己曾經有過的孤獨與憂傷、寂寞與悵惘，轉化成作品的情感基調和美麗的詩魂。

《呼蘭河傳》溢散著如夢如煙的優美文字，散發著她對生命獨特的感悟和體認，文字中充滿了許多細緻晶瑩的抒情，使整部作品更具藝術魅力，因而被文學評論家譽為「詩篇一般的小說」。

在遼夐黑土上，蒼涼的平原與荒野間，呼蘭河南岸的寒冷小城賦予了蕭紅哀婉清麗的人生基調。

東北的風土人情蘊含著人類為求生存的卑微本質，呼蘭小城則透過一個天眞爛漫的小女孩的眼睛，呈現出灰澀、沉鬱、蒼涼、淒冷的單調色彩。

《呼蘭河傳》中的人物大多樸素、善良，但也有著人性愚昧、貪婪的一面。他們的生活節奏猶如緩緩流動的呼蘭河，或是小城寺廟嘆息般悠長的鐘聲，充滿閑散與寂聊。

小團圓媳婦、王大姐、有二伯、馮歪嘴子……等等，一個接著一個出場，又一個接一個謝幕。他們的人生命運或許有所不同，但卻又有著極其相似的宿命。

年復一年，他們艱苦地度過了遍地白雪的酷寒冬季，走進了喧嘩熱鬧的春季夏季，跳大神、唱秧歌、演野台戲、十八娘娘廟大會，秋季過後又不得不為自己和家人的饑飽寒暖操勞。

《呼蘭河傳》迴盪著童年時期對時光流逝的無奈和對未來的迷惑，蕭紅的祖父和她的後花園無疑是小說中的核心，也是一長串凄婉歌謠的搖籃。

蕭紅筆下的後花園，是一個花草豐美、蔥鬱蓬勃、洋溢著堅韌生命力的處所，在那裡可以看到無遮無攔的燦爛陽光與藍天白雲，花園裡有小孫女的銀鈴笑聲與老祖父的慈祥笑臉。

在後花園裡，蕭紅天真爛漫地拈花惹草摘菜、嬌蠻地和爺爺耍賴。祖父和蕭紅之間的對話是她最鮮明的記憶，似乎透過祖孫二人的對話，讓童年時期的她幻想自己擁有生命的永恆。

但是，永恆只是一種幻想。長大之後，這座童年的樂園卻成了禁錮她的牢籠，年老的祖父去世了，父親冷峻無情地拒絕蕭紅讀書、求學的願望，也不讓她走自己的人生道路。

悲劇性的命運注定了蕭紅與眾不同，在喧囂的時代始終想要保持靈魂的高度

自由，沉鬱的悲哀鑄成了她作品的豐碩，但也使她的生命如同早春凋零的枯葉，隨風蕭蕭落下，在雨中化作成春泥。

蕭紅有著一顆透明心靈，像一朵盛開在陽光下的花，也許是她家後花園裡的向日葵、大椒茨花、馬蛇菜……也許世間根本沒有形容這種花朵的名字。

在三十年代的文壇，蕭紅鮮明而熱烈地開放，不幽暗暗地沈浸在個人的悲歡。她盛開在陽光下，無論歷經過多少逃亡與饑餓，無論面對多少困苦與不幸，她都堅持自己的文學理念，用她的筆寫著她的字，不受任何牽絆。

在她的筆下，花草不是異類，動物也不是牲畜，一切都是渾然一體。這裡的花草是有生命的，這裡的人類也有花草的特點。

讀到這些充滿靈性的文字時，心中總會生出莫名的感動，思索寫出如此自在而沒有半絲塵埃沾染文字的女子，想來該是多麼玲瓏剔透。這也難怪寫武俠大師金庸會感慨地說：「蕭紅在香港寫的《呼蘭河傳》感人至深，我閱此書後，逕去淺水灣她墓前憑弔一番，深恨未能得見此才女……」

蕭紅成年的境遇與童年時美好而自由的心靈狀態構成了一種對比，蕭紅寫作

時的心緒起伏與情感波動，正是對生命透徹了悟的蒼涼體驗，構成了她作品魅力的源泉。

看盡繁華咀嚼荒涼心河的感覺，蕭紅含著眼淚，微笑地想望著再也回不去的呼蘭小城。悲憫與徹悟渾然內蘊，她用纖細柔弱的筆，寫盡了似水年華恆遠的悲涼與輪迴，將天眞與無邪，孤獨與寂寞糾結在一起，使她的《呼蘭河傳》彌漫著別具況味的風采。

論蕭紅的《呼蘭河傳》

● 茅盾

[推薦序]

它是一篇敘事詩，一幅多彩的風土畫，一串淒婉的歌謠。有諷刺，也有幽默。開始讀時有輕鬆之感，然而愈讀下去心頭就會一點一點沉重起來。

對於生活曾經寄以美麗的希望但又屢次「幻滅」了的人，是寂寞的；對於自己的能力有自信，對於自己的工作也有遠大的計劃，但是生活的苦酒卻又使他頗為悒悒不能振作，而又因此感到苦悶焦燥的人，當然會加倍的寂寞。

這樣精神上寂寞的人，一旦發覺了自己的生命之燈快將熄滅，因而一切都無從「補救」的時候，那他的寂寞的悲哀恐怕不是語言可以形容的。而這樣的寂寞的死，也曾經成為我的感情上的一種沉重的負擔，我願意忘卻，但又不能且不忍輕易忘卻，因此我想去淺水灣看看而終於違反本心地屢次規避掉了。

蕭紅的墳墓地孤立在香港的淺水灣上。

在游泳的季節，年年的淺水灣上該不少紅男綠女罷，然而躺在那裡的蕭紅是寂寞的。

在一九四〇年十二月——那正是蕭紅逝世的前年，那是她的健康還不怎樣成問題的時候，她寫成了最後的著作——小說《呼蘭河傳》，然而即使在那時，蕭紅的心境已經是寂寞的了。

而且從《呼蘭河傳》，我們就看到了蕭紅的幼年也是何等的寂寞！讀一下這部書的寥寥數語的「尾聲」，就想得見蕭紅在回憶她那寂寞的幼年時，她的心境是怎樣寂寞的：

呼蘭河這小城裡邊，以前住著我祖父，現在埋著我的祖父。

我生的時候，祖父已經六十多歲了，我長到四五歲，祖父就快七十了。我還沒有長到二十歲，祖父就七八十歲了，祖父一過了八十歲就死了。

從前那後花園的主人，而今不見了。老主人死了，小主人逃荒去了。

那園裡的蝴蝶、螞蚱、蜻蜓，也許還是年年仍舊，也許現在完全荒涼了。

小黃瓜、大矮瓜，也許還是年年的種著，也許現在根本沒有了。

那早晨的露珠是不是還落在花盆架上，那午間的太陽是不是還照著那大向日葵，那黃昏時候的紅霞是不是還能一會工夫變出一片馬來，一會工夫變出一匹狗來，那麼變著。

這些不能想像了。

聽說有二伯死了。

老廚子就是活著年紀也不小了。

東鄰西舍也都不知怎樣了。

至於那磨房裡的磨官，至今究竟如何，則完全不曉得了。

以上我所寫的並沒有什麼幽美的故事，只因他們充滿了我幼年的記憶，忘卻不了，難以忘卻，就記在這裡了。

《呼蘭河傳》脫稿以後，翌年之四月，因為史沫特萊女士之勸說，蕭紅想到新加坡去。那時候，史沫特萊自己正要回美國，路過香港，小住一月。蕭紅以太平洋局勢問她，她說日本人必然要攻香港及南洋，香港至多能守一月，而新加坡則堅不可破，即使破了，在新加坡也比在香港辦法多些。蕭紅又鼓動我們夫婦倆

也去。那時我不能也不想離開香港，我以為蕭紅怕陷落在香港（萬一發生戰事的話），我還多方為之解釋。

可是我不知道她之所以離開香港，因為她在香港生活是寂寞的，心境是寂寞的，她是希望由於離開香港而解脫那可怕的寂寞。並且我也想不到她那時的心境會這樣寂寞。

那時正在皖南事變以後，國內文化人大批跑到香港，造成了香港文化界空前的活躍。在這樣環境中，而蕭紅會感到寂寞是難以索解的。等到我知道了而且也理解了這一切的時候，蕭紅埋在淺水灣已經快滿一年了。

新加坡終於沒有去成，蕭紅不久就病了。她進了瑪麗醫院，在醫院她自然更寂寞了。然而她求生的意志非常強烈。她希望病好，她耐著寂寞住在醫院。她的病相當複雜，而大夫也荒唐透頂，等到診斷明白是肺病的時候就宣告已經無可救藥，可是蕭紅自信能活。甚至在香港戰事爆發以後，夾在砲火和死於病二者之間的她，還是更怕前者。不過，心境的寂寞，仍然是對於她的最大威脅。

經過了最後一次手術，她終於不治。這時香港已經淪陷。她嚥著最後一口氣時，許多朋友都不在她面前，她就這樣帶著寂寞離開了人間。

《呼蘭河傳》給我們看蕭紅的童年是寂寞的。

一位解事頗早的小女孩子每天的生活多單調啊！年年種著小黃瓜、大矮瓜，年年春秋佳節有些蝴蝶、螞蚱、蜻蜓的後花園，堆滿了破舊東西黑暗而塵封的後房，是她消遣的地方；慈祥而猶有童心的老祖父是她唯一的伴侶，清早在床上學話似的唸老祖父口授的唐詩，白天嬲著老祖父講那些實在已經聽厭了的故事，或者看看那左鄰右舍的千年如一日的刻板生活——如果這樣死水似的生活有什麼突然冒起來的浪花，那也無非是老胡家的小團圓媳婦病了，老胡家又在跳神了，小團圓媳婦終於死了；那也無非是磨官馮歪嘴子忽然有了老婆，有了孩子。而後來，老婆又忽然死了，剩下剛出世的第二個孩子。

呼蘭河這小城的生活也是刻板單調的。

一年之中，他們很有規律地過著活：一年之中，必定有跳大神、唱秧歌、放河燈、野台子戲、四月十八日娘娘廟大會……這些熱鬧隆重的節日，而節日也和他們的日常生活一樣多麼有規律。

呼蘭河這小城的生活可又不是沒有音響和色彩。

大街小巷，每一茅舍內，每一籬笆後邊，充滿了嘮叨、爭吵、哭、笑乃至夢囈，一年四季依著那些走馬燈似的挨次到來的隆重熱鬧的節日，在灰暗的日常生活的背景前，呈顯了粗線條的大紅大綠的帶有原始性的色彩。

呼蘭河的人民當然都是善良的。

他們照著幾千年傳下來的習慣而思索，而生活，他們有時也許顯得麻木，但實在他們也頗敏感而瑣細，芝麻大的事情他們會議論或者爭吵三天三夜而不休。

他們有時也許顯得愚昧而蠻橫，但實在他們並沒有害人或自害的意思，他們只是按照他們認為最合理的方法，「該怎麼辦就怎麼辦。」

我們對於老胡家的小團圓媳婦的不幸的遭遇，當然很同情，我憐惜她，我們為她叫屈，同時我們也憎恨——但憎恨的對象不是這小團圓媳婦的婆婆，我們只覺得這婆婆也可憐，她同樣是「照著幾千年傳下來的習慣而思索而生活」的一個犧牲者。

她的「立場」，她的教人覺得可恨卻又是更可憐的地方，在她「心安理得地花了五十吊」請那騙子——雲遊真人給團圓媳婦治病的時候，就由她自己申說得明明白白：

她來到我家，我沒給她氣受，哪家的團圓媳婦不受氣，一天打八頓，罵三場？

可是我也打過她，那是我要給她一個下馬威。我只打了她一個多月，雖然說我打得狠了一點，可是哪能夠規矩出一個好人來。我也是不願意狠打她的，打得連喊帶叫的，我是為她著想，不打得狠一點，她是不能夠中用的……

這老胡家的婆婆為什麼堅信她的小團圓媳婦必得狠狠地「管教」呢？小團圓媳婦有些什麼地方教她老人家看著不順眼呢？

因為那小團圓媳婦第一天來到老胡家就由街坊公論判定她是「太大方了」，「一點也不知道羞，頭一天來到婆家，吃飯吃三碗」，而且「十四歲就長得那麼高」也是不合規律——因為街坊公論說小團圓媳婦不像個團圓媳婦，所以更使她的婆婆堅信非嚴加管教不可，而且更因為「只想給她一個下馬威」的時候，這「太大方」的小團圓媳婦居然不服管教——帶哭連喊，說要回「家」去——所以不得不狠狠地打了她一個月。

街坊們當然也都是和那小團圓媳婦無怨無仇，都是為了要她好——像一個團圓媳婦。所以，當這小團圓媳婦被「管教」成病的時候，不但她的婆婆肯捨大把的錢為她治病（跳神，各種偏方），而眾街坊也熱心地給她出主意。

而結果呢？結果是把一個「黑乎乎的，笑呵呵的」名為十四歲其實不過十二歲，可實在長得比普通十四歲的女孩又高又大又結實的小團圓媳婦活生生「送回老家去」！

呼蘭河這小城的生活是充滿了各種各樣的聲響和色彩的，可又是刻板單調的。

呼蘭河這小城是寂寞的。

蕭紅的童年生活就是在這種樣的寂寞環境中過去的，這在她心靈上留的烙印有多麼深，自然不言而喻。

無意識地違背了「幾千年傳下來的習慣而思索而生活」的老胡家的小團圓媳婦終於死了，有意識地反抗著幾千年傳下來的習慣而思索而生活的蕭紅，則以含淚的微笑回憶這寂寞的小城，懷著寂寞的心情，活在悲壯的鬥爭的大時代。

也許有人會覺得《呼蘭河傳》不是一部小說。

他們也許會這樣說：沒有貫串全書的線索，故事和人物都是零零碎碎，都是片段的，不是整個的有機體。

也許又有人覺得《呼蘭河傳》好像是自傳，卻又不完全像自傳。

但是我卻覺得正因其不完全像自傳，所以更好，更有意義。

而且我們不也可以說：要點不在《呼蘭河傳》不像是一部嚴格意義的小說。

而在它於這「不像」之外，還有些別的東西——一些比「像」一部小說更為「誘人」些的東西。它是一篇敘事詩，一幅多彩的風土畫，一串凄婉的歌謠。

有諷刺，也有幽默。開始讀時有輕鬆之感，然而愈讀下去心頭就會一點一點沉重起來，可是，仍然有美，即使這美有點病態，也仍然不能不去使你眩惑。

也許你要說《呼蘭河傳》沒有一個人物是積極性的，都是些甘願做傳統思想的奴隸而又自怨自艾的可憐蟲，而作者對於他們的態度也不是單純的。她不留情地鞭笞他們，可是她又同情他們：她給我們看，這些屈伏於傳統的人多麼愚蠢而頑固——有時甚至於殘忍。

然而他們的本質是善良的，他們不欺詐，不虛偽，他們也不好吃懶做，他們極容易滿足，有二伯、老廚子、老胡家的一家子、漏粉的那一群，都是這樣的人物。他們都像是最下等的植物似的，只要極少的水分、土壤，陽光——甚至沒有陽光，就能夠生存了。

磨官馮歪嘴子是他們中間生命力最強的一個——強得使人不禁想讚美他。然

而在馮歪嘴子身上也找不出什麼特別的東西，除了生命力特別頑強，而這是原始性的頑強。

如果讓我們在《呼蘭河傳》找作者思想上的強點，那麼，問題恐怕不在於作者所寫的人物都缺乏積極性，而在於作者寫這些人物時給人們以這樣一個印象：除了因為愚昧保守而自食其果，這些人物的生活原也悠然自得其樂。在這裡我們看不見封建的剝削和壓迫，也看不見日本帝國主義那種血腥的侵略。而這兩重的鐵枷，在呼蘭河人民生活的比重上該也不會輕於他們自身的愚昧保守吧？

蕭紅寫《呼蘭河傳》的時候，心境是寂寞的。

她那時在香港幾乎可以說是「蟄居」的生活。在一九四○年前後這樣的大時代中，像蕭紅這樣對於人生有理想，對於黑暗勢力作過鬥爭的人，而會悄然「蟄居」，多少有點不可解。

她的一位女友曾經分析她的「消極」和苦悶的根因，以為「感性」上的一再受傷，使得這位感情富於理智的女詩人被自己的狹小的私生活的圈子（而這圈子

儘管是她所咒詛的，卻又拘於情性，不能毅然決然自拔），把廣闊的進行著生死搏鬥的大天地完全給掩隔起來了。

這結果是，一方面是情義太高，不滿於她這階層的知識分子們的各種活動，覺得那全是扯淡，是無聊。另一方面卻又不能投身到工農勞苦大眾的群中，把生活徹底改革一下，這又如何能不感到苦悶而寂寞？

而這一心情投射在《呼蘭河傳》上的暗影不但見之於全書的情調，也見之於思想部分，這是可以惋惜的，正像我們對於蕭紅的早死深致其惋惜一樣。

原載《文藝生活》一九四六年十二月新十期

第1章

春夏秋冬，一年四季來回循環的走，風霜雨雪，受得住
的就過去了，受不住的，就尋求著自然的結果。至於那
還沒有被拉去的，就風霜雨雪，仍舊在人間被吹打著。

1.

嚴冬一封鎖了大地的時候，則大地滿地裂著口。從南到北，從東到西，幾尺長的，一丈長的，還有好幾丈長的，它們毫無方向的，便隨時隨地，只要嚴冬一到，大地就裂開口了。

嚴冬把大地凍裂了。年老的人，一進屋用掃帚掃著鬍子上的冰溜，一面說：

「今天好冷啊！地凍裂了。」

趕車的車夫，頂著三星，繞著大鞭子走了六七十里，天剛一濛亮，進了大店，第一句話就向客棧掌櫃的說：「好厲害的天啊！小刀子一樣。」

等進了棧房，摘下狗皮帽子來，抽一袋煙之後，伸手去拿熱饅頭時看到，那伸出來的手在手背上有無數的裂口。人的手被凍裂了。

賣豆腐的人清早起來沿著人家去叫賣，偶一不愼，就把盛豆腐的方木盤貼在地上拿不起來了。被凍在地上了。

賣饅頭的老頭，揹著木箱子，裡邊裝著熱饅頭，太陽一出來，就在街上叫喚。

他剛一從家裡出來的時候，他走得快，他喊的聲音也大。可是過不了一會，他的腳上掛了掌子了，在腳心上好像踏著一個雞蛋似的，圓滾滾的。原來冰雪封滿了他的腳底了。他走起來十分的不得力，若不是十分的加著小心，他就要跌倒了。

就是這樣，也還是跌倒的。

跌倒了是不很好的，把饅頭箱子跌翻了，饅頭從箱底一個一個的跑了出來。旁邊若有人看見，趁著這機會，趁著老頭子倒下一時還爬不起來的時候，就拾了幾個一邊吃著就走了。等老頭子掙扎起來，連饅頭帶冰雪一起撿到箱子去，一數，不對數。他明白了，他向著那走不太遠的吃他饅頭的人說：「好冷的天，地皮凍裂了，吞了我的饅頭了。」

行路人聽了這話都笑了。他揹起箱子來再往前走，那腳下的冰溜，似乎是越結越高，使他越走越困難，於是背上出了汗，眼睛上了霜，鬍子上的冰溜掛越多，而且因為呼吸的關係，把破皮帽子的帽耳朵和帽前遮都掛了霜了。這老頭越走越慢，擔心受怕，顫顫驚驚，好像初次穿上滑冰鞋，被朋友推上溜冰場似的。

小狗凍得夜夜的叫喚，哽哽的，好像牠的腳爪被火燒著一樣。

天再冷下去，水缸被凍裂了，井被凍住了；大風雪的夜裡，竟會把人家的房子封住，睡了一夜，早晨起來，竟推不開門了。

大地一到了這嚴寒的季節，一切都變了樣，天空是灰色的，好像颳了大風之後，呈著一種混沌沌的氣象，而且整天飛著清雪。人們走起路來是快的，嘴裡邊的呼吸，一遇到了嚴寒好像冒著煙似的。

七匹馬拉著一輛大車，在曠野上成串的一輛挨著一輛的跑，打著燈籠，甩著大鞭子，天空掛著三星。跑了兩里路之後，馬就冒汗了。再跑下去，這一批人馬在冰天雪地裡邊竟熱氣騰騰的了。一直到太陽出來，進了棧房，那些馬才停止了出汗。但是一停止了出汗，馬毛立刻就上了霜。

人和馬吃飽了之後，他們再跑。這寒帶的地方，人家很少，不像南方，走了一村，不遠又來了一村，過了一鎮，不遠又來了一鎮。這裡是什麼也看不見，遠望出去是一片白，從這一村到那一村，根本是看不見的。只有憑了認路的人的記憶才知道是走向了什麼方向。

拉著糧食的七匹馬的大車，是到他們附近的城裡去。載來大豆的賣了大豆，載來高粱的賣了高粱。等回去的時候，他們帶了油、鹽和布匹。

呼蘭河就是這樣的小城，這小城並不怎樣繁華，只有兩條大街，一條從南到北，一條從東到西，而最有名的算是十字街了。十字街口集中了全城的精華。十字街上有金銀首飾店、布莊、油鹽店、茶莊、藥店，也有拔牙的洋醫生。

那醫生的門前，掛著很大的招牌，那招牌上畫著特別大的，有量米的斗那麼大的一排牙齒。這廣告在這小城裡邊無乃太不相當，使人們看了竟不知道那是什麼東西，因為油店、布店和鹽店，他們都沒有什麼廣告，也不過是鹽店門前寫個「鹽」字，布店門前掛了兩張怕是自古亦有之的兩張布幌子。其餘如藥店的招牌，也不過是：把那戴著花鏡的伸出手去在小枕頭上號著婦女們的脈管的醫生的名字掛在門外就是了。比方那醫生的名字叫李永春，那藥店也就叫「李永春」。人們憑著記憶，哪怕就是李永春摘掉了他的招牌，人們也都知道李永春是在哪裡。

不但城裡的人這樣，就是從鄉下來的人也多少都把這城裡的街道，和街道上盡是些什麼都記熟了。用不著什麼廣告，用不著什麼招引的方式，要買的比如油鹽、布匹之類，自己走進去就會買。不需要的，你就是掛了多大的牌子，人們也是不去買。

那牙醫生就是一個例子，那從鄉下來的人們看了這麼大的牙齒，真是覺得稀

奇古怪，所以那大牌子前邊，停了許多人在看，看也看不出是什麼道理來。假若他是正在牙痛，他也絕對的不去讓那用洋法子的醫生給他拔掉，也還是走到李永春藥店去，買二兩黃連，回家去含著算了吧！因為那牌子上的牙齒太大了，有點莫名其妙，怪害怕的。所以那牙醫生，掛了兩三年招牌，到那裡去拔牙的卻是寥寥無幾。後來那女醫生沒有辦法，大概是生活沒法維持，她兼做了收生婆。

城裡除了十字街之外，還有兩條街，一條叫做東二道街，一條叫做西二道街。這兩條街是從南到北的，大概五六里長。這兩條街上沒有什麼好記載的，有幾座廟，有幾家燒餅舖，有幾家糧棧。

東二道街上有一家火磨，那火磨的院子很大，用紅色的好磚砌起來的大煙筒是非常高的，聽說那火磨裡邊進去不得，那裡邊的消信可多了，是碰不得的。一碰就會把人用火燒死，不然為什麼叫火磨呢？就是因為有火，聽說那裡邊不用馬，或是毛驢拉磨，用的是火。一般人以為盡是火，豈不把火磨燒著了嗎？想來想去，想不明白，越想也就越糊塗。偏偏那火磨又是不准參觀的，聽說門口站著守衛。

東二道街上還有兩家學堂，一個在南頭，一個在北頭，都是在廟裡邊，一個

在龍王廟裡，一個在祖師廟裡。兩個都是小學：龍王廟裡的那個，學的是養蠶，叫做農業學校；祖師廟裡的那個，是個普通的小學，還有高級班，所以又叫做高等小學。這兩個學校，名目上雖然不同，實際上是沒有什麼分別的，也不過那叫做農業學校的，到了秋天把蠶用油炒起來，教員們大吃幾頓就是了。

那叫做高等小學的，沒有蠶吃，那裡邊的學生的確比農業學校的學生長得高。

農業學生開頭是唸「人、手、足、刀、尺」，頂大的也不過十六七歲。那高等小學的學生卻不同了，吹著洋號，竟有二十四歲的，在鄉下私學館裡已經教了四五年的書了，現在才來上高等小學。也有在糧站裡當了二年的管賬先生，現在也來上學了。這小學的學生寫起家信來，竟有寫到：「小禿子鬧眼睛好了沒有？」小禿子就是他的八歲的長公子的小名。次公子、女公子還都沒有寫上，若都寫上，怕是把信寫得太長了。因為他已經子女成群，已經是一家之主了，寫起信來總是多談一些家政：姓王的地戶的地租送來沒有？大豆賣了沒有？行情如何之類。

這樣的學生，在課堂裡邊也是極有地位的，教師也得尊敬他，一不留心，他乾坤的「乾」和乾菜的「乾」，常常把先生會指問住的。萬里乾坤的「乾」和乾菜的「乾」，據這學生說是不同的。乾菜的「乾」應該這樣寫：

「乾」，而不是那樣寫：「乾」。

西二道街上不但沒有火磨，學堂也就只有一個。是個清真學校，設在城隍廟裡邊。其餘的也和東二道街一樣，灰禿禿的，若有車馬走過，則煙塵滾滾，下了雨滿地是泥。

東二道街上有大泥坑一個，五六尺深。不下雨，那泥漿好像粥一樣，下了雨，這泥坑就變成河了，附近的人家，就要吃它的苦頭，衝了人家裡滿滿是泥，等坑水一落了去，天一晴了，被太陽一曬，出來很多蚊子飛到附近的人家去。同時那泥坑也就越曬越純淨，好像在提煉什麼似的，好像要從那泥坑裡邊提煉出點什麼來似的。若是一個月以上不下雨，那大泥坑的質度更純了，水分完全被蒸發走了，那裡邊的泥，又黏又黑，比粥鍋還糊，比漿糊還黏。好像煉膠的大鍋似的，黑糊糊的，油亮亮的，哪怕蒼蠅蚊子從那裡一飛也要黏住的。

小燕子是很喜歡水的，有時誤飛到這泥坑上來，用翅子點著水，看起來很危險，差一點沒有被泥坑陷害了牠，差一點沒有被黏住，趕快的頭也不回的飛跑了。

若是一匹馬，那就不然了，非黏住不可。不僅僅是黏住，而且把牠陷進去，馬在那裡邊滾著、掙扎著，掙扎了一會，沒有了力氣，那馬就躺下了。一躺下那

就很危險，很有致命的可能，但是這種時候不很多，很少有人牽著馬或是拉著車子來冒這種險。

這大泥坑出亂子的時候，多半是在旱年，若兩三個月不下雨，這泥坑子才到了眞正危險的時候。在表面上看來，似乎是越下雨越壞，一下了雨好像小河似的了，該多麼危險，有一丈來深，人掉下去也要沒頂的。其實不然，呼蘭河這城裡的人沒有這麼傻，他們都曉得這個坑是很厲害的，沒有一個人敢有這麼大的膽子牽著馬從這泥坑上過。

可是若三個月不下雨，這泥坑子就一天一天的乾下去，到後來也不過是二三尺深，有些勇敢者就試探著，冒險的趕著車從上邊過去了，還有些次勇敢者，看著別人過去，也就跟著過去了，一來二去的，這坑子的兩岸，就壓成車輪經過的車轍了。那再後來者，一看前邊已經有人走在先了，這懦怯者比勇敢的人更勇敢，趕著車子走上去了。

誰知這泥坑子的底是高低不平的，人家過去了。可是他卻翻了車了。車夫從泥坑爬出來，弄得和個小鬼似的，滿臉泥汙，而後再從泥中往外挖掘他的馬，不料那馬已經倒在泥汙之中了，這時候有些過路的人，也就走上前來，

幫忙施救。

這過路的人分成兩種，一種是穿著長袍短褂的，非常清潔。看那樣子他也伸不出手來，因為他的手也是很潔淨的。不用說那就是紳士一流的人物了，他們是站在一旁參觀的。看那馬要站起來了，他們就喝采，「噢！噢」的喊叫著，看那馬又站不起來，又倒下去了，這時他們又是喝采，「噢噢」的又叫了幾聲，不過這喝的是倒采。就這樣，馬要站起來，而又站不起來的鬧了一陣之後，仍然沒有站起來，仍是照原樣可憐的躺在那裡。這時候，那些看熱鬧的覺得也不過如此，沒有什麼新花樣了。於是星散開去，各自回家去了。

現在再來說那馬還是在那裡躺著，那些幫忙救馬的過路人，都是些普通的老百姓，是這城裡的擔蔥的、賣菜的、瓦匠、車夫之流。他們捲捲褲腳，脫了鞋子，看看沒有什麼辦法，走下泥坑去，想用幾個人的力量把那馬抬起來。

結果抬不起來了。於是人們著了慌，趕快解了馬套。

從車子把馬解下來，以為這回那馬沒有負擔，就可以站起來了。

不料那馬還是站不起來。馬的腦袋露在泥漿的外邊，兩個耳朵哆嗦著，眼睛閉著，鼻子往外噴著禿禿的氣。看了這樣可憐的景象，附近的人們跑回家去，取

了繩索，拿了絞錐；用繩子把馬捆了起來，用絞錐從下邊掘著。人們喊著號令，好像造房子或是架橋樑似的，把馬抬出來了。

馬是沒有死，躺在道旁。人們給馬澆了一些水，還給馬洗了一個臉。

看熱鬧的也有來的，也有去的。第二天，大家都說：「那大水泡子又淹死了一匹馬。」雖然馬沒有死，一哄起來就說馬死了。若不這樣說，覺得那大泥坑也太沒有什麼威嚴了。

在這大泥坑上翻車的事情不知有多少。一年除了被冬天凍住的季節之外，其餘的時間，這大泥坑子像被付給生命了似的，它是活的。水漲了，水落了，過些日子大了，過些日子又小了。大家對它都起著無限的關切。

水大的時間，不但阻礙了車馬，也阻礙了行人，老頭走在泥坑子的沿上，兩條腿打顫，小孩子在泥坑子的沿上嚇得狼哭鬼叫。

一下起雨來，這大泥坑子白亮亮的漲得溜溜的滿，漲到兩邊人家的牆根上去了，把人家的牆根給淹沒了。來往過路的人，一走到這裡，就像在人生的路上碰到了打擊，是要奮鬥的。捲起袖子來，咬緊了牙根，全身的精力集中起來，手抓著人家的板牆，心臟撲通撲通的跳，頭不要暈，眼睛不要花，要沉著迎戰。

偏偏那人家的板牆造得又非常的平滑整齊，好像有意在危難的時候不幫人家的忙似的，使那行路人不管怎樣巧妙的伸出手來，也得不到那板牆的憐憫，東抓抓不著什麼，西摸也摸不到什麼，平滑得連一個疤拉節子也沒有，這可不知道是什麼山上長的木頭，長得這樣完好無缺。

掙扎了五六分鐘之後，總算是過去了。弄得滿頭流汗，滿身發燒，那都不說。

再說那後來的人，依法炮製，那花樣也不多，也只是東抓抓，西摸摸，弄了五六分鐘之後，又過去了。

一過去了，可就精神飽滿，哈哈大笑著，回頭向那後來的人，向那正在艱苦階段上奮鬥著的人說：「這算什麼，一輩子不走幾回險路，那不算英雄。」

可也不然，也不一定都是精神飽滿的，而大半是被嚇得臉色發白。有的雖然已經過去了多時，還是不能夠很快的抬起腿來走路，因為那腿還在打顫。這一類膽小的人，雖然是險路已經過去了，但是心裡邊無由的生起來一種感傷的情緒，心裡顫抖抖的，好像被這大泥坑子所感動了似的，總要回過頭來望一望，打量一會，似乎要有些話說。終於也沒有說什麼，還是走了。

有一天，下大雨的時候，一個小孩子掉下去，讓一個賣豆腐的救了上來。救

上來一看，那孩子是農業學校校長的兒子。於是議論紛紛了，有的說是因為農業學堂設在廟裡邊，沖了龍王爺了，龍王爺要降大雨淹死這孩子。

有的說不然，完全不是這樣，都是因為這孩子的父親的關係，他父親在講堂上指手畫腳的講，講給學生們說，說這天下雨不是在天的龍王爺下的雨，他說沒有龍王爺。你看這不把龍王爺活活的氣死，他這口氣哪能不出呢？所以就抓住了他的兒子來實行因果報應了。

有的說，那學堂裡的學生也太不像樣了，有的爬上了老龍王的頭頂，給老龍王去戴了一個草帽。這是什麼年頭，一個毛孩子就敢惹這麼大的禍，老龍王怎麼會不報應呢？看著吧，這還不能算了事，你想龍王爺並不是白人呵！你若惹了他，他可能夠饒了你？那不像對付一個拉車的、賣菜的，隨便的踢他們一腳就讓他們去。那是龍王爺呀！龍王爺還是惹得的嗎？

有的說，那學堂的學生都太不像樣了，他說他親眼看見過，學生們拿了鍘放在大殿上老龍王的手上。你想老龍王哪能夠受得了？

有的說，現在的學堂太不好了，有孩子是千萬上不得學堂的，一上了學堂就天地人鬼神不分了。有的說，他要到學堂把他的兒子領回來，不讓他唸書了。

有的說，孩子在學堂裡唸書，是越唸越壞，比方嚇掉了魂，他娘給他叫魂的時候，你聽他說什麼？他說這叫迷信。你說再唸下去那還了得嗎？

說來說去，越說越遠了。

過了幾天，大泥坑子又落下去了，泥坑兩岸的行人通行無阻。

再過些日子不下雨，泥坑子就又有點像要乾了。這時候，又有車馬開始在上面走，又有車子翻在上面，又有馬倒在泥中打滾，又是繩索棍棒之類的往外抬馬，被抬出去的趕著車子走了，後來的，陷進去，再抬。

一年之中抬車抬馬，在這泥坑子上不知抬了多少次，可沒有一個人說把泥坑子用土填起來不就好了嗎？沒有一個。

有一次一個老紳士在泥坑漲水時掉在裡邊了。一爬出來，他就說：「這街道太窄了，去了這水泡子，連走路的地方都沒有了。這兩邊的院子，怎麼不把院牆拆了讓出一塊來？」

他正說著，板牆裡邊，就是那院中的老太太搭了言。她說院牆是拆不得的，她說最好種樹，若是沿著牆根種上一排樹，下起雨來人就可以攀著樹過去了。

說拆牆的有，說種樹的有，若說用土把泥坑來填平的，一個人也沒有。

這泥坑裡邊淹死過小豬，用泥漿悶死過狗，悶死過貓，雞和鴨也常常死在這泥坑裡邊。原因是這泥坑上邊結了一層硬殼，動物們不認識那硬殼下面就是陷阱，等曉得了可也就晚了。牠們跑著或是飛著，等往那硬殼上一落可就再也站不起來了。白天還好，或者有人又要來施救。夜晚可就沒有辦法了。牠們自己掙扎，掙扎到沒有力量的時候就很自然的沉下去了，其實也或者越掙扎越沉下去得快。

有時至死也還不沉下的事也有。若是那泥漿的密度過高的時候，就有這樣的事。比方肉上市，忽然賣便宜豬肉了，於是大家就想起那泥坑子來了，說：「可不是那泥坑子裡邊又淹死了豬了？」

說著若是腿快的，就趕快跑到鄰人的家去，告訴鄰居：「快去買便宜肉吧，快去吧，快去吧，一會沒有了。」

等買回家來才細看一番，似乎有點不大對，怎麼這肉又紫又青的！可不要是瘟豬肉。但是又一想，哪能是瘟豬肉呢，一定是那泥坑子淹死的。於是，煎、炒、蒸、煮，家家吃起便宜豬肉來。雖然吃起來了，但就總覺得不大香，怕還是瘟豬肉。可是又一想，瘟豬肉怎麼可以吃得，那麼還是泥坑子淹死的吧！

本來這泥坑子一年只淹死一兩隻豬，或兩三口豬，有幾年還連一隻豬也沒有

淹死。至於居民們常吃淹死的豬肉，這可不知是怎麼一回事，真是龍王爺曉得。

雖然吃的自己說是泥坑子淹死的豬肉，但也有吃了病的，那吃病了的就大發議論說：「就是淹死的豬肉也不應該抬到市上去賣，死豬肉終究是不新鮮的，稅局子是幹什麼的，讓大街上，在光天化日之下就賣起死豬肉來？」

那也是吃了死豬肉的，但是尚且沒有病的人說：「話可也不能是那麼說，一定是你疑心，你三心二意的吃下去還會好？你看我們也一樣能吃了，可怎麼沒病？」

間或也有小孩子太不知時務，說他不讓他吃，說那是瘟豬肉。這樣的孩子，大家都不喜歡。大家都用眼睛瞪著他，說他：「瞎說，瞎說。」

有一次，一個孩子說那豬肉一定是瘟豬肉，並且是當著母親的面向鄰人說的。那鄰人聽了倒並沒有堅決的表示什麼，可是他的母親的臉立刻就紅了，伸出手去就打了那孩子。那孩子很固執，仍是說：「是瘟豬肉嘛！是瘟豬肉！」

母親實在難為情起來，就拾起門旁燒火的叉子，向著那孩子的肩膀就打了過去。於是，孩子一邊哭著一邊跑回家裡去了。一進門，炕沿上坐著外祖母，那孩子一邊哭著一邊撲到外祖母的懷裡說：「姥姥，妳吃的不是瘟豬肉嗎？我媽打

外祖母對這打得可憐的孩子本想安慰一番，但是一抬頭看見了同院的老李家的奶媽站在門口往裡看。於是，外祖母就掀起孩子後衣襟來，用力的在孩子的屁股上腔腔的打起來，嘴裡還說著：「誰讓你這麼一點就胡說八道！」

一直打到李家的奶媽抱著孩子走了才算完事。那孩子哭得一塌糊塗，什麼「瘟豬肉」不「瘟豬肉」的，哭得也說不清了。

總共這泥坑子施給當地居民的福利有兩條。第一條：常常抬車抬馬、淹雞淹鴨，鬧得非常熱鬧，可使居民說長道短，得以消遣。第二條就是這豬肉的問題了，若沒有這泥坑子，可怎麼吃瘟豬肉呢？

吃是可以吃的，但是可怎麼說法呢？真正說是吃的瘟豬肉，豈不太不講衛生了嗎？有這泥坑子可就好辦，可以使瘟豬變成淹豬，居民們買起肉來，第一經濟，第二也不算什麼不衛生。

2.

我。」

東二道街除了大泥坑子這番盛舉之外，再就沒有什麼了。也不過是幾家碾磨房，幾家豆腐店，也有一兩家機房，也許有一兩家染布匹的染缸房，這個也不過是自己默默的在那裡做著自己的工作，沒有什麼可以使別人開心的，也不能招來什麼議論。那裡邊的人都是天黑了就睡覺，天亮了就起來工作。一年四季，春暖花開、秋雨、冬雪，也不過是隨著季節穿起棉衣來，脫下單衣去的過著。生老病死也都是一聲不響的默默的辦理。

比方就是東二街南頭，那賣豆芽菜的王寡婦吧，她在房脊上插了一個很高的桿子，桿子頭上挑著一個破筐。因為那桿子很高，差不多和龍王廟的鐵馬鈴子一般高了。來了風，廟上的鈴子格仍格仍的響：王寡婦的破筐子雖是不會響，但是它也會東搖西擺的作著態。

就這樣一年一年的過去，王寡婦一年一年的賣著豆芽菜，平靜無事，過著安詳的日子，忽然有一年夏天，她的獨子到河邊去洗澡，掉河淹了。

這事情似乎轟動了一時，家傳戶曉，可是不久也就平靜下去了。不但鄰人、街坊，就是她的親戚朋友也都把這回事情忘記了。

再說那王寡婦，雖然她從此以後就瘋了，但她到底還曉得賣豆芽菜，她仍還

是靜靜的活著，雖然偶爾她的菜被偷了，在大街上或是在廟台上狂哭一場，但一哭過了之後，她還是平平靜靜的活著。至於鄰人街坊們，或是過路人看見了她在廟台上哭，也會引起一點惻隱之心來，不過為時甚短罷了。

還有人們常常喜歡把一些不幸者歸畫在一起，比如瘋子傻子之類，都一律去看待。哪個鄉、哪個縣、哪個村都有些不幸者，瘤子啦、瞎子啦、瘋子或是傻子。

呼蘭河這城裡，就有許多這一類的人。

人們關於他們都似乎聽得多、看得多，也就不以為奇了。偶爾在廟台上或是大門洞裡不幸遇到了一個，剛想多少加一點惻隱之心在那人身上，但是一轉念，人間這樣的人多著哩！於是轉過眼睛去，三步兩步的就走過去了。即或有人停下來，也不過是和那些毫沒有記性的小孩子似的向那瘋子投一個石子，或是做著瞎子故意領到水溝裡邊去的事情。

一切不幸者，就都是叫化子，至少在呼蘭河這城裡邊是這樣。

人們對待叫化子們是很平凡的。

門前聚了一群狗在咬，主人問：「咬什麼？」

僕人答：「咬一個討飯的。」

說完了也就完了。可見這討飯人的活著是一錢不值了。

賣豆芽菜的女瘋子，雖然她瘋了還忘不了自己的悲哀，隔三差五的還到廟台上去哭一場，但是一哭完了，仍是得回家去吃飯、睡覺、賣豆芽菜。

她仍是平平靜靜的活著。

3.

再說那染缸房裡邊，也發生過不幸：兩個年輕的學徒，為了爭一個街頭上的婦人，其中一個把另一個按進染缸子給淹死了。死了的不說，就說那活著的也下了監獄，判了個無期徒刑。但這也是不聲不響的把事就解決了，過了三年二載，若有人提起那件事來，差不多就像人們講岳飛、秦檜似的，久遠得不知多少年前的事情似的。

同時發生這件事情的染缸房，仍舊是在原址，甚至連那淹死人的大缸也許至今還在那兒使用著。從那染缸房發賣出來的布匹，仍舊是遠近的鄉鎮都流通著。

4.

藍色的布匹，男人們做起棉褲棉襖，冬天穿它來抵禦嚴寒。紅色的布匹，則做成大紅袍子，給十八九歲的姑娘穿上，讓她去做新娘子。總之，除了染缸房子在某年某月某日死了一個人外，其餘的世界，並沒有因此而改動了一點。

再說那豆腐房裡邊，也發生過不幸：兩個伙計打仗，竟把拉磨的小驢的腿打斷了。因為牠是驢子，不談牠也就罷了。只因為這驢子哭瞎了一個婦人的眼睛（即打驢子那人的母親），所以不能不記上。

再說那造紙的紙房裡邊，把一個私生子活活餓死了。因為他是一個初生的孩子，算不了什麼。也就不說他了。

其餘的東二道街上，還有幾家紮彩舖。這是為死人而預備的。

人死了，魂靈就要到地獄裡邊去，地獄裡邊怕是他沒有房子住、沒有衣裳穿、沒有馬騎。活著的人就為他做了這麼一套，用火燒了，據說是到陰間就樣樣都有

了。

大至噴錢獸、聚寶盆、大金山、大銀山，小至丫鬟使女、廚房裡的廚子、餵豬的豬官，再小至花盆、茶壺茶杯、雞鴨鵝犬，以至窗前的鸚鵡。

看起來真是萬分的好看，大院子也有院牆，牆頭上是金色的琉璃瓦。一進了院，正房五間，廂房三間，一律是青紅磚瓦房，窗明几淨，空氣特別新鮮。花盆一盆一盆的擺在花架子上，石柱子、全百合、馬蛇菜、九月菊都一齊的開了。看起來使人不知道是什麼季節，是夏天還是秋天，居然那馬蛇菜也和菊花同時站在一起。也許陰間是不分什麼春夏秋冬的。

再說那廚房裡的廚子，真是活神活現，比真的廚子真是乾淨到一千倍，頭戴白帽子、身紮白圍裙，手裡邊在做拉麵條。似乎午飯的時候就要到了，煮了麵就要開飯了似的。

院子裡的牽馬童，站在一匹大白馬的旁邊，那馬好像是阿拉伯馬，特別高大，英姿挺立，假若有人騎上，看樣子一定比火車跑得快。就是呼蘭河這城裡的將軍，相信他也沒有騎過這樣的馬。小車子、大騾子，都排在一邊。騾子是油黑的、閃亮的，用雞蛋殼做的眼睛，所以眼珠是不會轉的。大騾子旁邊還站著一匹小騾子，

那小騾子是特別好看，眼珠是和大騾子一般的大。

小車子裝潢得特別漂亮，車輪子都是銀色的。車前邊的簾子是半掩半捲的，使人得以看到裡邊去。車裡邊是紅堂堂的鋪著大紅的褥子，趕車的坐在車沿上，滿臉是笑，得意洋洋，裝飾得特別漂亮，紮著紫色的腰帶，穿著藍色花絲葛的大袍，黑緞鞋，雪白的鞋底，大概穿起這鞋來還沒有走路就趕過車來了。他頭上戴著黑帽頭，紅帽頂，把臉揚著，他蔑視著一切，越看他越不像一個車夫，好像一位新郎。

公雞三兩隻，母雞七八隻，都是在院子裡邊靜靜的啄食，一聲不響，鴨子也並不呱呱的直叫，叫得煩人。狗蹲在上房的門旁，非常的守職，一動不動。看熱鬧的人，人人說好，個個稱讚。窮人們看了這個竟覺得活著還沒有死了好。

正房裡，窗簾、被格、桌椅板凳，一切齊全。還有一個管家的，手裡拿著一個算盤在打著，旁邊還擺著一個賬本，上邊寫著：

北燒鍋欠酒二十二斤

東鄉老王家昨借米二十擔

白旗屯泥人子昨送地租四百三十吊

白旗屯二個子共欠地租兩千吊

這以下寫了個：四月二十八日

以上的是四月二十七日的流水賬，大概二十八日的還沒有寫吧！

看這賬目也就知道，陰間欠了賬也是馬虎不得的，這大宅子的主人不用說就是個地主了。

先生一流的人物來管。同時也可以看出來，這院子的主人在什麼地方，

這院子裡邊，一切齊全，一切都好，就是看不見這院子沒有主人了。這一點似乎使人感到空虛，無著無落的。

未免使人疑心這麼好的院子沒有主人了。

再一回頭看，就覺得這院子終歸是有點兩樣，怎麼丫鬟使女、車夫、馬童的

胸前都掛著一張紙條，那紙條上寫著他們每個人的名字：

那漂亮得和新郎似的車夫名字叫：「長鞭」

馬童的名字叫：「快腿」

左手拿著水煙袋，右手掄著花手巾的小丫鬟叫：「德順」

另外一個叫：「順平」

管賬的先生叫：「妙算」

提著噴壺在澆花的使女叫：「花姐」

5.

再一細看才知道那匹大白馬也是有名字的，那名字是貼在馬屁股上的，叫：

「千里駒」，其餘的如騾子、狗、雞、鴨之類沒有名字。

那在廚房裡拉著麵條的「老王」，他身上寫著他名字的紙條，來風一吹，還忽咧忽咧的跳著。這可真有點奇怪，自家的僕人，自己都不認識了，還要掛上個名簽。這一點未免的使人迷離恍惚，似乎陰間究竟沒有陽間好。

雖然這麼說，羨慕這座宅子的人還是不知多少。因為的確這座宅子是好：清悠、閑靜、鴉雀無聲，一切規整，絕不紊亂。丫鬟、使女，照著陽間的一樣，雞犬豬馬，也都和陽間一樣，陽間有什麼，到了陰間也有，陽間叫麵條，到了陰間也吃麵條，陽間有車子坐，到了陰間也一樣的有車子坐，陰間是完全和陽間一樣，一模一樣的。只不過沒有東二道街上那大泥坑子就是了。是凡好的一律都有，壞的不必有。

東二道街上的紮彩舖，就紮的是這一些。一擺起來又威風、又好看，但那作房裡邊是亂七八糟的，滿地碎紙，球桿棍子一大堆，破盒子、亂罐子、顏料瓶子、漿糊盆、細麻繩、粗麻繩……走起路來，會使人跌倒。那裡邊砍的砍、綁的綁，蒼蠅也來回的飛著。要做人，先做一個臉孔，糊好了，排在牆上，男的女的到用的時候，摘下一個來就用。給一個用球桿綑好的人架子，穿上衣服，裝上一個頭就像人了。把一個瘦骨伶仃的用紙糊好的馬架子，上邊貼上用紙剪成的白毛，那就是一匹很漂亮的馬了。

做這樣的活計的，也不過是幾個極粗糙極醜陋的人，他們雖懂得怎樣打扮一個馬童或是打扮一個車夫，怎樣打扮一個婦人女子，但他們對他們自己是毫不加修飾的，長頭髮的、毛頭髮的、歪嘴的、歪眼的、赤足裸膝的，似乎使人不能相信，這麼漂亮炫眼耀目，好像要活了的人似的，是出於他們之手。

他們吃的是粗茶、粗飯，穿的是破亂的衣服，睡覺則睡在車馬、人、頭之中。

他們這種生活，似乎也很苦的。但是一天一天的，也就糊裡糊塗的過去了，也就過著春夏秋冬，脫下單衣去，穿起棉衣的過去了。

生、老、病、死，都沒有什麼表示。

生了就任其自然的長去，長大就長大，長不大也就算了。

老，老了也沒有什麼關係，眼花了，就不看；耳聾了，就不聽；牙掉了，就整吞；走不動了，就癱著。這有什麼辦法，誰老誰活該。

病，人吃五穀雜糧，誰不生病呢？

死，這回可是悲哀的事情了，父親死了兒子哭。兒子死了母親哭，哥哥死了嫂子哭，她的娘家人來哭。

一家全哭，嫂子死了，她的娘家人來哭。

哭了一朝或是三日，就總得到城外去，挖一個坑把這人埋起來。

埋了之後，那活著的仍舊得回家照舊的過著日子。該吃飯，吃飯；該睡覺，睡覺。外人絕對看不出來是他家已經沒有了父親或是失掉了哥哥，就連他們自己也不是關起門來，每天哭上一場。他們心中的悲哀，也不過是隨著當地的風俗的大流，逢年過節的到墳上去觀望一回。

二月過清明，家家戶戶都提著香火去上墳塋，有的墳頭上塌了一塊土，有的墳頭上陷了幾個洞，相觀之下，感慨唏噓，燒香點酒。若有遠親的人如子女父母之類，往往且哭上一場；那哭的語句，數數落落，無異是在做一篇文章或者是在誦一篇長詩。歌誦完了之後，站起來拍拍屁股上的土，也就隨著上墳的人們回城

的大流，回城去了。

回到城中的家裡，又得照舊的過著日子，一年柴米油鹽，漿洗縫補。從早晨到晚上忙了個不休。夜裡疲乏之極，躺在炕上就睡了。在夜夢中並夢不到什麼悲哀的或是欣喜的景況，只不過咬著牙、打著哼，一夜一夜的就都這樣的過去了。

假若有人問他們，人生是為了什麼？他們並不會茫然無所對答的，他們會直截了當的，不加思索的說了出來：「人活著是為吃飯穿衣。」

再問他，人死了呢？他們會說：「人死了就完了。」

所以沒有人看見過做紮彩匠的活著的時候為他自己糊一座陰宅，大概他不怎麼相信陰間。假如有了陰間，到那時候他再開紮彩舖，怕又要租人家的房子了。

6.

呼蘭河城裡，除了東二道街、西二道街、十字街之外，再就都是些個小胡同了。

小胡同裡邊更沒有什麼了，就連打燒餅麻花的店鋪也不大有，就連賣紅綠糖球的小床子，也都是擺在街口上去，很少有擺在小胡同裡邊的。

那些住在小街上的人家，一天到晚看不見多少閑散雜人。耳聽的眼看的，都比較的少，所以整天寂寂寞寞的，關起門來過著生活。破草房有上半間，買上二斗豆子，煮一點鹽豆下飯吃，就是一年。在小街上住著，又冷清、又寂寞。

一個提籃子賣燒餅的，從胡同的東頭喊，胡同向西頭都聽到了。雖然不買，若走誰家的門口，誰家的人都是把頭探出來看看，間或有問一問價錢的，問一問糖麻花和油麻花現在是不是還賣著前些日子的價錢。間或有人走過去掀開了筐子上蓋著的那張布，如像要買似的，拿起一個來摸一摸是否還是熱的。摸完了也就放下了，賣麻花的也絕對不生氣，於是又提到第二家的門口去。

第二家的老太婆也是在閑著，於是就又伸出手來，打開筐子，摸了一回。摸完了也是沒有買。等到了第三家，這第三家可要買了。

一個三十多歲的女人，剛剛睡午覺起來，她的頭頂上梳著一個捲，大概頭髮不怎樣整齊，髮捲上罩著一個用大黑珠線織的網子，網子上還插了不少的疙瘩針。可是因為這一睡覺，不但頭髮亂了，就是那些疙瘩針也都跳出來了，好像這女人

的髮捲上被射了不少的小箭頭。

她一開門就很爽快，把門扇刮打的往兩邊一分，她就從門裡閃出來了。隨後就跟出來五個孩子。這五個孩子也都個個爽快，像一個小連隊似的，一排就排好了。

第一個是女孩子，十二三歲，伸出手來就拿了一個五吊錢一隻的一竹筷子長的大麻花。她的眼光很迅速，這麻花在這筐子裡的確是最大的，而且就只有這一個。

第二個是男孩子，拿了一個兩吊錢一隻的。

第三個也是拿了個兩吊錢一隻的。也是個男孩子。

第四個看了看，沒有辦法，也只得拿了一個兩吊錢的。也是個男孩子。

輪到第五個了，這個可分不出來是男孩子，還是女孩子。頭是禿的，一隻耳朵上掛著鉗子，瘦得好像個乾柳條，肚子可特別大，看樣子也不過五歲。一伸手，他的手就比其餘的四個的都黑得更厲害。其餘的四個，雖然他們的手也黑得夠厲害的，但總還認得出來那是手，而不是別的什麼，唯有他的手是連認也認不出來了。說是手嗎？說是什麼呢？說什麼都行。完全起著黑的灰的、深的淺的，各種

的雲層。看上去，好像看隔山照似的，有無窮的趣味。

他就用這手在筐子裡邊挑選，幾乎是每個都讓他摸過了，不一會工夫，全個的筐子都讓他翻遍了。本來這筐子雖大，麻花也並沒有幾隻。除了一個頂大的之外，其餘小的也不過十來隻，經了他這一翻，可就完全遍了。弄了他滿手是油，把那小黑手染得油亮油亮的，黑亮黑亮的。

而後他說：「我要大的。」於是就在門口打了起來。

他跑得非常之快，他去追著他的姐姐。他的第二個哥哥，他的第三個哥哥，也都跑了上去，都比他跑得更快。再說他的大姐，那個拿著大麻花的女孩，她跑得更快到不能想像了，已經找到一塊牆的缺口的地方，跳了出去，後邊的也就跟著一溜煙的跳過去。等他們剛一追著跳過去，那大孩子又跳回來了，在院子裡跑成了一陣旋風。

那個最小的，不知是男孩子還是女孩子的，早已追不上了，落在後邊，在號咷大哭。間或也想撿一些便宜，那就是當他的兩個哥哥，把他的姐姐已經扭住的時候，他就趁機會想要從中搶他姐姐手裡的麻花。可是幾次都沒有做到，於是又落在後邊號咷大哭。

他們的母親，雖然是很有威風的樣子，但是不動手是招呼不住他們的。母親看了這樣子也還沒有個完了，就進屋去，拿起燒火的鐵叉子來，向著她的孩子就奔去了。不料院子裡有一個小泥坑，是豬在裡打膩的地方。她恰好就跌在泥坑那兒了，把叉子跌出去五尺多遠。

於是這場戲才算達到了高潮，看熱鬧的人沒有不笑的，沒有不稱心愉快的。

就連那賣麻花的人也看出神了，當那女人坐到泥坑中把泥花四邊濺起來的時候，那賣麻花的差一點沒把筐子掉了地下。他高興極了，他早已經忘了他手裡的筐子了。

至於那幾個孩子，則早就不見了。等母親起來去把他們追回來的時候，那做母親的這回可發了威風，讓他們一個一個的向著太陽跪下，在院子裡排起一小隊來，把麻花一律的解除。頂大的孩子的麻花沒有多少了，完全被撞碎了，第三個孩子的已經吃完了，第二個的還剩了一點點，只有第四個的還拿在手上沒有動。

第五個，不用說，根本沒有拿在手裡。

鬧到結果，賣麻花的和那女人吵了一陣之後，提著筐子又到另一家去叫賣去了。

他和那女人所吵的，是關於那第四個孩子手上拿了半天的麻花又退回了的問題。

題，賣麻花的堅持著不讓退，那女人又非退回不可。結果是付了三個麻花的錢，就把那提籃子的人趕了出來了。

為著麻花而下跪的五個孩子到底也不提了。再說那一進胡同口就被挨家摸索過來的麻花，被提到另外的胡同裡去，到底也賣掉了。

一個已經脫完了牙齒的老太太買了其中的一個，用紙裹著拿到屋子去了。她一邊走一邊說：「這麻花真乾淨，油亮亮的。」而後招呼了她的小孫子，快來吧。

那賣麻花的人看了老太太很喜歡這麻花，於是就又說：「是剛出鍋的，還熱忽著哩！」

7.

過去了賣麻花的，後半天，也許又來了賣涼粉的，也是一在胡同口的這頭喊，那頭就聽到了。

要買的拿著小瓦盆出去了，不買的坐在屋子一聽這賣涼粉的一招呼，就知道

是應燒晚飯的時候了。因為這涼粉一整個的夏天都是在太陽偏西，他就來的，來得那麼準，就像時鐘一樣，到了四五點鐘他必來的。就像他賣涼粉專門到這一條胡同來賣似的。似乎在別的胡同裡就沒有為著多賣幾家而耽誤了這一定的時間。

賣涼粉的一過去了，一天也就快黑了。

打著搏楞鼓的貨郎，一到太陽偏西，就再不進到小巷裡來，就連僻靜的街他也不去了，他擔著擔子從大街口走回家去。賣瓦盆的，也早都收市了。撿繩頭的、換破爛的也都回家去了。只有賣豆腐的則又出來了。

晚飯時節，吃了小蔥沾大醬就已經很可口了，若外加上一塊豆腐，那真是錦上添花，一定要多浪費兩碗包米大雲豆粥的。一吃就吃多了，那是很自然的，豆腐加上點辣椒油再拌上點大醬，那是多麼可口的東西，用筷子觸了一點點豆腐，就能夠吃下去半碗飯，再到豆腐上去觸了一下，一碗飯就完了。因為豆腐而多吃了兩碗飯，並不算吃得多，沒有吃過的人，不能夠曉得其中的滋味的。

所以賣豆腐的人來了，男女老幼，全都歡迎。打開門來，笑盈盈的，雖然不說什麼，但是彼此有一種融洽的感情，默默生了起來。

似乎賣豆腐的在說：「我的豆腐真好！」

似乎買豆腐的回答：「你的豆腐果然不錯。」

買不起豆腐的人對那賣豆腐的，就非常的羨慕，一聽了那從街口越招呼越近的聲音就特別的感到誘惑，假若能吃一塊豆腐可不錯，切上一點青辣椒，拌上一點小蔥子。但是天天這樣想，天天就沒有買成，賣豆腐的一來，就把這等人白白的引誘一場。於是那被誘惑的人，仍然逗不起決心，就多吃幾口辣椒，辣得滿頭是汗。

他想，假若一個人開了一個豆腐房可不錯，那就可以自由隨便的吃豆腐了。

果然，他的兒子長到五歲的時候，問他：「你長大了幹什麼？」

五歲的孩子說：「開豆腐房。」

這顯然要繼承他父親未遂的志願。

關於豆腐這美妙的一盤菜的愛好，竟還有甚於此的，竟有想要傾家蕩產的。

傳說上，有這樣的一個家長，他下了決心，他說：「不過了，買一塊豆腐吃去！」

這「不過了」的三個字，用舊的語言來翻譯，就是毀家紓難的意思；用現代的話來說，就是：「我破產了！」

8.

賣豆腐的一收了市，一天的事情都完了。家家戶戶都把晚飯吃過了。吃過了晚飯，看晚霞的看晚霞，不看晚霞的躺到炕上去睡覺的也有。

這地方的晚霞是很好看的，有一個土名，叫火燒雲。說「晚霞」人們不懂，若一說「火燒雲」就連三歲的孩子也會呀呀的往西天空裡指給你看。

晚飯一過，火燒雲就上來了，照得小孩子的臉是紅的，把大白狗變成紅色的狗了，紅公雞就變成金的了，黑母雞變成紫檀色的了。

餵豬的老頭子，往牆根上靠，他笑盈盈的看著他的兩匹小白豬，變成小金豬了，他剛想說：「他媽的，你們也變了……」他的旁邊走來了一個乘涼的人，那人說：「你老人家必要高壽，你老是金鬍子了。」

天空的雲，從西邊一直燒到東邊，紅堂堂的，好像是天著了火。

這地方的火燒雲變化極多，一會紅堂堂的了，一會金洞洞的了，一會半紫半

黃的，一會半灰半百合色。葡萄灰、大黃梨、紫茄子，這些顏色天空上邊都有。還有些說也說不出來的，見也未曾見過的，諸多種的顏色。

五秒鐘之內，天空裡有一匹馬，馬頭向南，馬尾向西，那馬是跪著的，像是在等著有人騎到牠的背上，牠才站起來。再過一秒鐘，沒有什麼變化。再過兩三秒鐘，那匹馬加大了，馬腿也伸開了，馬脖子也長了，但是一條馬尾巴卻不見了。

看的人，正在尋找馬尾巴的時候，那馬就變靡了。忽然又來了一條大狗，這條狗十分兇猛，牠在前邊跑著，牠的後面似乎還跟了好幾條小狗仔。跑著跑著，小狗就不知跑到哪裡去了，大狗也不見了。

又找到了一個大獅子，和娘娘廟門前的大石頭獅子一模一樣的，也是那麼大，也是那樣的蹲著，很威武的，很鎮靜的蹲著，牠表示著蔑視一切的樣子，似乎眼睛連什麼也不眛。看著看著的，一不謹慎，同時又看到了別一個什麼。這時候，可就麻煩了，人的眼睛不能同時又看東，又看西，這樣子會活活把那個大獅子糟蹋了。一轉眼，一低頭，那天空的東西就變了。若是再找，怕是看瞎了眼睛也找不到了。

大獅子既然找不到，另外的那什麼，比方就是一個猴子吧，猴子雖不如大獅

給你二斗糧……

烏鴉烏鴉你打場，

昏之後的烏鴉飛過時，只能夠隔著窗子聽到那很少的尚未睡的孩子在嚷叫……

呼蘭河這地方，就是在六月裡也是不十分熱的，夜裡總要蓋著薄棉被睡覺。等黃

這時候，火燒雲已經完全下去了。於是家家戶戶都進屋去睡覺，關起窗門來。

「下去玩一會去吧！把奶奶的腿壓麻了。」

用手一推，這孩子已經睡得搖搖晃晃的了。

祖母還不知道這孩子是已經睡了，還以為他在那裡玩著呢！

祖母的手裡，拿著白馬鬃的繩甩子，就用繩甩子給他驅逐著蚊蟲。

上，或者是依在祖母的懷裡就睡著了。

於是孩子們困倦了，回屋去睡覺了。竟有還沒能來得及進屋的，就靠在姐姐的腿

可是天空偏偏又不常常等待著那些愛好它的孩子。一會工夫，火燒雲下去了，

必須是低下頭去，把眼睛揉一揉，或者是沉靜一會再來看。

什麼也不像，什麼也沒有了。

子，可同時也沒有了。一時恍恍惚惚的，滿天空裡又像這個，又像那個，其實是

那漫天蓋地的一群黑烏鴉，啊啊的大叫著，在整個的縣城的頭頂上飛過去了。

據說飛過了呼蘭河的南岸，就在一個大樹林子裡邊住下了，明天早晨起來再飛。

夏秋之間每夜要過烏鴉，究竟這些三成百成千的烏鴉過到哪裡去，孩子們是不大曉得的，大人們也不大講給他們聽。

只曉得唸這套歌：「烏鴉烏鴉你打場，給你二斗糧……」

究竟給烏鴉二斗糧做什麼？似乎不大有道理。

9.

烏鴉一飛過，這一天才真正的過去了。

因為大昴星升起來了，大昴星好像銅球似的亮晶晶的了。

天河和月亮也都上來了，蝙蝠也飛起來了。

是凡跟著太陽一起來的，現在都回去了。人睡了，豬、馬、牛、羊也都睡了，

燕子和蝴蝶也都不飛了。就連房根底下的牽牛花，也一朵沒有開的，含苞的含苞，捲縮的捲縮。含苞的準備著歡迎那早晨又要來的太陽，那捲縮的，因為它已經在昨天歡迎過了，它要落去了。

隨著月亮上來的星夜，大昴星也不過是月亮的一個馬前卒，讓它先跑到一步就是了。夜一來蛤蟆就叫，在河溝裡叫，在窪地裡叫。蟲子也叫，在院心草棵子裡，在城外的大田上，有的叫在人家的花盆裡，有的叫在人家的墳頭上。

夏夜若無風無雨就這樣的過去了，一夜又一夜。

很快的夏天就過完了，秋天就來了。秋天和夏天的分別不太大，也不過天涼了，夜裡非蓋著被子睡覺不可。種田的人白天忙著收割，夜裡多做幾個割高粱的夢就是了。女人一到了八月也不過就是漿衣裳、拆被子、捶棒硾，捶得街街巷巷早晚的叮叮噹噹的亂響。

「棒硾」一捶完，做起被子來，就是冬天。

冬天下雪了。

人們四季裡，風、霜、雨、雪的過著，霜打了，雨淋了，大風來時是飛沙走石，似乎是很了不起的樣子。冬天，大地被凍裂了，江河被凍住了。再冷起來，

江河也被凍得腔腔的響著裂開了紋。冬天，凍掉了人的耳朵，破了人的鼻子，裂了人的手和腳。但這是大自然的威風，與小民們無關。

呼蘭河的人們就是這樣，冬天來了就穿棉衣裳，夏天來了就穿單衣裳。就好像太陽出來了就起來，太陽落了就睡覺似的。

被冬天凍裂了手指的，到了夏天也自然就好了。好不了的，「李永春」藥舖去買二兩紅花，泡一點紅花酒來擦一擦。擦得手指通紅也不見消，也許就越來越腫起來，那麼再到「李永春」藥舖去，這回可不買紅花了，是買了一貼膏藥來。回了家裡，用火一烤，黏黏糊糊的就貼在凍瘡上了。這膏藥是真好，貼上了一點也不礙事。該趕車的去趕車，該切菜的去切菜。黏黏糊糊的是真好，見了水也不掉，該洗衣裳的去洗衣裳去好了。

就是掉了，拿在火上再一烤，就還貼得上的。一貼，貼了半個月。

呼蘭河這地方的人，什麼都講結實、耐用，這膏藥這樣的耐用，實在是合乎這地方的人情。雖然是貼了半個月，手也還沒有見好，但這膏藥總算是耐用，沒有白花錢。於是再買一貼去，貼來貼去，這手可就越腫越大了。還有些買不起膏藥的，就撿人家貼乏了的來貼。

到後來，那結果，誰曉得是怎樣呢？反正一塌糊塗去了吧。

春夏秋冬，一年四季來回循環的走，那是自古也就這樣的了。風霜雨雪，受得住的就過去了，受不住的，就尋求著自然的結果。那自然的結果不大好，把一個人默默的一聲不響的就拉著離開了這人間的世界了。

至於那還沒有被拉去的，就風霜雨雪，仍舊在人間被吹打著。

第2章

這唱著的詞調，混合著鼓聲，從幾十丈遠的地方傳來，實在是冷森森的，越聽就越悲涼。滿天星光，滿屋月亮，人生何如，為什麼這麼悲涼？

1.

呼蘭河除了這些卑瑣平凡的實際生活之外，在精神上，也還有不少的盛舉，如跳大神、唱秧歌、放河燈、野台子戲、四月十八娘娘廟大會……

先說大神。大神是會治病的，她穿著奇怪的衣裳，那衣裳平常的人不穿，紅的，是一張裙子，那裙子一圍在她的腰上，她的人就變樣了。開初，她並不打鼓，只是一圍起那紅花裙子就哆嗦。從頭到腳，無處不哆嗦，哆嗦了一陣子之後，又開始打顫。

她閉著眼睛，嘴裡邊嘰咕的，每一打顫，就裝出來要倒的樣子，把四邊的人都嚇得一跳，可是她又坐住了。

大神坐的是凳子，她的對面擺著一塊牌位，牌位上貼著紅紙，寫著黑字。那牌位越舊越好，好顯得她一年之中跳神的次數不少，越跳多了就越好，她的信用就遠近皆知，她的生意就會興隆起來。那牌前，點著香，香煙慢慢的旋著。

那女大神多半在香點了一半的時候神就下來了。那神一下來，可就威風不同，好像有萬馬千軍讓她領導似的，她全身是勁，她站起來亂跳。

大神的旁邊，還有一個二神，當二神的都是男人。他並不昏亂，他是清晰如常的，他趕快把一張圓鼓交到大神的手裡，大神拿了這鼓，站起來就亂跳，先訴說那附在她身上的神靈的下山的經歷，是乘著雲，是隨著風，或者是駕霧而來，說得非常之雄壯。

二神站在一邊，大神問他什麼，他回答什麼。好的二神是對答如流的，壞的二神，一不加小心說衝著了大神的一字，大神就要鬧起來的。

大神一鬧起來的時候，她也沒有別的辦法，只是打著鼓亂罵一陣，說這病人不出今夜就必得死的，死了之後還會遊魂不散，家族、親戚、鄉里都要招災的。

這時嚇得那請神的人家趕快燒香點酒，燒香點酒之後，若再不行就得趕送上紅布來，把紅布掛在牌位上，若再不行，就得殺雞，若鬧到了殺雞這個階段，就多半不能再鬧了。因為再鬧就沒有什麼想頭了。

這雞、這布，一律都歸大神所有，跳過了神之後，她把雞拿回家去自己煮上吃了，把紅布用藍靛染了之後，做起褲子穿了。

有的大神，一上手就百般的下不來神，請神的人家就得趕快的殺雞來，若一殺慢了，等一會跳到半道就要罵了。誰家請神都是為了治病，讓大神罵，是非常不吉利的。所以對大神是非常尊敬的，又非常怕。

跳大神，大半是天黑跳起，只要一打起鼓來，就男女老幼都往這跳神的人家跑，若是夏天，就屋裡屋外都擠滿了人。還有些女人拉著孩子、抱著孩子，哭天叫地的從牆頭上跳過來，跳過來看跳神的。

跳到半夜時分，要送神歸山了，那時候，那鼓打得分外的響，大神也唱得分外的好聽，鄰居左右，十家二十家的人家都聽得到，使人聽了起著一種悲涼的情緒。

二神嘴裡唱：「大仙家回山了，要慢慢的走，要慢慢的行。」大神說：「我的二仙家，青龍山，白虎山……夜行三千里，乘著風兒不算難……」

這唱著的詞調，混合著鼓聲，從幾十丈遠的地方傳來，實在是冷森森的，越聽就越悲涼。聽了這種鼓聲，往往終夜而不能眠的人也有。請神的人家為了治病，可不知那家的病人好了沒有？卻使鄰居街坊感慨興嘆，終夜而不能已的也常常有。

滿天星光，滿屋月亮，人生何如，為什麼這麼悲涼？

2.

過了十天半月的，又是跳神的鼓噹噹的響。於是人們又都招了慌，爬牆的爬牆，登門的登門，看看這一家的大神，顯的是什麼本領，穿的是什麼衣裳。聽聽她唱的是什麼腔調，看看她的衣裳漂亮不漂亮。

跳到了夜靜時分，又是送神回山。送神回山的鼓，個個都打得漂亮。若趕上一個下雨的夜，就特別淒涼，寡婦可以落淚，鰥夫就要起來彷徨。

那鼓聲就好像故意要招惹那般不幸的人，打得有急有慢，好像一個迷路的人在夜裡訴說著他的迷惘，又好像不幸的老人在回想著他幸福的短短的幼年。又好像慈愛的母親送著她的兒子遠行。又好像是生離死別，萬分的難捨。

人生為了什麼，才有這樣淒涼的夜。

似乎下回再有打鼓的連聽也不要聽了。其實不然，鼓一響就又是上牆頭的上牆頭，側著耳朵聽的側著耳朵在聽，比西洋人赴音樂會更熱心。

七月十五盂蘭會，呼蘭河上放河燈了。

河燈有白菜燈、西瓜燈，還有蓮花燈。

和尚、道士吹著笙、管、笛、簫，穿著拼金大紅緞子的褊衫，在河沿上打起場子來在做道場。那樂器的聲音離開河沿二里路就聽到了。

一到了黃昏，天還沒有完全黑下來，奔著去看河燈的人就絡繹不絕了。小街大巷，哪怕終年不出門的人，也要隨著人群奔到河沿去。先到了河沿的就蹲在那裡，沿著河岸蹲滿了人，可是由大街小巷往外出發的人仍是不絕，瞎子、瘸子都來看河燈（這裡說錯了，唯獨瞎子是不來看河燈的），把街道跑得冒了煙了。

姑娘、媳婦，三個一群，兩個一夥，一出了大門，不用問到哪裡去，就都是看河燈去。黃昏時候的七月，火燒雲剛剛落下去，街道上發著顯微的白光，喊喊喳喳，把往日的寂靜都沖散了，個個街道都活了起來，好像這城裡發生了大火，人們都起趕去救火的樣子。非常忙迫，踢踢踏踏的向前跑。

先跑到了河沿的就蹲在那裡，後跑到的，也就擠上去蹲在那裡。

大家一齊等候著，等候著月亮高起來，河燈就要從水上放下來了。

七月十五日是個鬼節，死了的冤魂怨鬼不得脫生，纏綿在地獄裡邊是非常苦

的，想脫生又找不著路。這一天若是每個鬼托著一個河燈，就可得以脫生。大概

從陰間到陽間的這一條路，非常之黑，若沒有燈是看不見路的，所以放河燈這件

事情是件善舉。可見活著的正人君子們，對著那些已死的冤魂怨鬼還沒有忘記。

但是這其間也有一個矛盾，就是七月十五這夜生的孩子，怕是都不大好，多

半都是野鬼托著個蓮花燈投生而來的。這個孩子長大了將不被父母所喜歡，長到

結婚的年齡，男女兩家必要先對過生日時辰，才能夠結親。

若是女家生在七月十五，這女子就很難出嫁，必須改了生日，欺騙了男家。

若是男家七月十五的生日，也不大好，不過若是財產豐富的，也就沒有多大關係，

嫁是可以嫁過去的，雖然就是一個惡鬼，有了錢大概也不怎樣惡了。但在女子

這方面可就萬萬不可，絕對的不可以，若是有錢的寡婦的獨養女，又當別論，因

為娶了這姑娘可以有一分財產在那裡晃來晃去，就是娶了而帶不過財產來，先說

那一分粧奩也是少不了的。假說女子就是一個惡鬼的化身，但那也不要緊。

平常的人說：「有錢能使鬼推磨。」似乎人們相信鬼是假的，有點不十分真。

但是當河燈一放下來的時候，和尚為著慶祝鬼們更生、打著鼓，叮噹的響，唸著

經，好像緊急符咒似的，表示著，這一工夫可是千金一刻，且莫匆匆的讓過，諸

位男鬼女鬼，趕快托著燈去投生吧。

唸完了經，就吹笙管笛簫，那聲音實在好聽，遠近皆聞。

同時那河燈從上流擁擁擠擠，往下浮來了。浮得很慢，又鎮靜、又穩當，絕對的看不出來水裡邊會有鬼們來捉了它們去。這燈一下來的時候，金忽忽的，亮通通的，又加上有千萬人的觀眾，這舉動實在是不小的。河燈之多，有數不過來的數目，大概是幾千百隻。

兩岸上的孩子們，拍手叫絕，跳腳歡迎；大人則都看出了神了，一聲不響，陶醉在燈光河色之中。燈光照得河水幽幽的發亮，水上跳躍著天空的月亮，真是人生何世，會有這樣好的景況。

一直鬧到月亮來到了中天，大昴星、二昴星、三昴星都出齊了的時候，才算漸漸的從繁華的景況，走向了冷靜的路去。

河燈從幾里路長的上流，流了很久很久才流過來了，再流了很久很久才流過去了。在這過程中，有的流到半路就滅了，有的被沖到了岸邊，在岸邊生了野草的地方就被掛住了。還有每當河燈一流到了下流，就有些孩子拿著竿子去抓它，有些漁船也順手取了一兩隻，到後來河燈越來越稀疏了。到往下流去，就顯出了

荒涼孤寂的樣子來了，因為越流越少了。流到極處去的，似乎那裡的河水也發了黑，而且是流著流著的就少了一個。

河燈從上流過來的時候，雖然路上也有許多落伍的，也有許多淹滅了的，但始終沒有覺得河燈是被鬼們托著走了的感覺。可是當這河燈，從上流的遠處流來，人們是滿心歡喜的，等流過了自己，也還沒有什麼；唯獨到了最後，那河燈流到了極遠的下流去的時候，使看河燈的人們，內心裡無由的來了空虛。

「那河燈，到底是要漂到哪裡去呢？」

多半的人們，看到了這樣的景況，就抬起身來離開了河沿回家去了。

於是不但河裡冷落，岸上也冷落了起來。這時再往遠處的下流看去，看著，看著，那燈就滅了一個。再看著看著，又滅了一個，還有兩個一塊滅的，於是就真像被鬼一個一個的托著走了。

打過了三更，河沿上一個人也沒有了，河裡邊一個燈也沒有了。

河水是寂靜如常的，小風把河水皺著極細的波浪。月光在河水上邊並不像在海水上邊閃著一片一片的金光，而是月亮落到河底裡去了。似乎那漁船上的人，伸手可以把月亮拿到船上來似的。

河的南岸，盡是柳條叢，河的北岸就是呼蘭河城。

那看河燈回去的人們，也許都睡著了，不過月亮還是在河上照著。

3.

野台子戲也是在河邊上唱的，也是秋天。比方這一年秋收好，就要唱一台子戲，感謝天地。若是夏天大旱，人們戴起柳條圈來求雨，在街上幾十人，跑了幾天，唱著，打著鼓。求雨的人不准穿鞋，龍王爺可憐他們在太陽下邊把腳燙得很痛，就因此下了雨了。一下了雨，到秋天就得唱戲的，因為求雨的時候許下了願。

許願就得還願，若是還願的戲就更非唱不可了。

一唱就是三天。在河岸的沙灘上搭起了台子來。這台子是用桿子綁起來的，上邊搭上了蓆棚，下了一點小雨也不要緊，太陽則完全可以遮住的。

戲台搭好了之後，兩邊就搭看台。看台還有樓座，坐在那樓座上是很好的，又風涼，又可以遠眺。不過，樓座是不大容易坐得到的，除非當地的官、紳，別

人是不大坐得到的。既不賣票，哪怕你就有錢，也沒有辦法。

只搭戲台，就搭三五天。台子的架一豎起來，城裡的人就說：「戲台豎起架子來了。」一上了棚，人就說：「戲台上棚了。」

戲台搭完了就搭看台，看台是順著戲台的左邊搭一排，右邊搭一排，所以是兩排平行而相對的。一搭要搭出十幾丈遠去。

眼看台子就要搭好了，這時候，接親戚的接親戚，喚朋友的喚朋友。

比方嫁了的女兒，回來住娘家，臨走（回婆家）的時候，做母親的送到大門外，擺著手還說：「秋天唱戲的時候，再接妳來看戲。」

坐著女兒的車子遠了，母親含著眼淚還說：「看戲的時候接妳回來。」

所以一到了唱戲的時候，可並不是簡單的看戲，而是接姑娘喚女婿，熱鬧得很。

東家的女兒長大了，西家的男孩子也該成親了，說媒的這個時候，就走上門來，約定兩家的父母在戲台底下，第一天或是第二天，彼此相看。也有只通知男家而不通知女家的，這叫做「偷看」，這樣的看法，成與不成，沒有關係，比較的自由，反正那家的姑娘也不知道。

所以看戲去的姑娘，個個都打扮得漂亮，都穿了新衣裳，擦了胭脂塗了粉，瀏海剪得並排齊。頭辮梳得一絲不亂，紮了紅辮根，綠辮梢；也有紮了水紅的，也有紮了蛋青的。走起路來像客人，吃起瓜子來，頭不歪眼不斜的，溫文爾雅，都變成了大家閨秀。

有的著蛋青色布長衫，有的穿了藕荷色的，有的銀灰的。有的還把衣服的邊上壓了條，有的蛋青色的衣裳壓了黑條，有的水紅洋紗的衣裳壓了藍條，腳上穿著藍緞鞋，或是黑緞繡花鞋。鞋上有的繡著蝴蝶，有的繡著蜻蜓，有的繡著蓮花，繡著牡丹的，各樣的都有。

手裡邊拿著花手巾，耳朵上戴了長鉗子，土名叫做「帶穗鉗子」。這帶穗鉗子有兩種，一種是金的，翠的；一種是銅的，琉璃的。有錢一點的戴金的，稍微差一點的戴琉璃的。反正都很好看，在耳朵上搖來晃去，黃忽忽，綠森森的。再加上滿臉矜持的微笑，眞不知這都是誰家的閨秀。

那些已嫁的婦女，也是照樣的打扮起來，在戲台下邊，東鄰西舍的姐妹們相遇了，好互相的品評。誰的模樣俊，誰的鬢角黑，誰的手鐲是福泰銀樓的新花樣，誰的壓頭簪又小巧又玲瓏，誰的一雙絳紫緞鞋，眞是繡得漂亮。

老太太雖然不穿什麼帶顏色的衣裳，但也個個整齊，人人俐落，手拿長煙袋，頭上撇著大扁方，慈祥，溫靜。

戲還沒有開台，呼蘭河城就熱鬧不得了了，接姑娘的，喚女婿的，有一個很好的童謠：「拉大鋸，扯大鋸，老爺門口唱大戲。接姑娘，喚女婿，小外孫也要去……」

於是乎不但小外甥，三姨二姑也都聚在了一起。每家如此，殺雞買酒，笑語迎門，彼此談著家常，說著趣事，每夜必到三更，燈油不知浪費了多少。

某村某村，婆婆虐待媳婦。哪家哪家的公公喝了酒就要酒瘋。又是誰家的姑娘出嫁了剛過一年就生了一對雙生。又是誰的兒子十三歲就定了一家十八歲的姑娘做妻子。燭火燈光之下，一談了個半夜，真是非常的溫暖而親切。

一家若有幾個女兒，這幾個女兒都出嫁了，親姐妹兩三年不能相遇的也有。平常是一個住東，一個住西。不是隔水的就是離山，而且每人有一大群孩子，也各自有自己的家務，若想彼此過訪，那是不可能的事情。

若是做母親的同時把幾個女兒都接來了，那她們的相遇，真彷彿已經隔了三十年了。相見之下，真是不知從何說起，羞羞慚慚，欲言又止，剛一開口又覺得

不好意思，過了一刻工夫，耳臉都發起燒來，於是相對無語，心中又喜又悲。過了一袋煙的工夫，等那往上衝的血流落了下去，彼此都逃出了那種昏昏恍恍的境界，這才來找幾句不相干的話來開頭，或是：「妳多久來的？」或是：「孩子們都帶來了？」關於別離了幾年的事情，連一個字也不敢提。

從表面上看來，她們並不是像姐妹，絲毫沒有親熱的表現。面面相對的，不知道她們兩個人是什麼關係，似乎連認識也不認識，似乎從前她們兩個並沒有見過，而今天是第一次的相見，所以異常的冷落。

但是這只是外表，她們的心裡，就早已溝通著了。甚至於在十天或半月之前，她們的心裡就早已開始很遠的牽動起來，那就是當著她們彼此都接到了母親的信的時候。那信上寫著要迎接她們姐妹回來看戲的。

從那時候起，她們就把要送給姐姐或妹妹的禮物規定好了。

一雙黑大絨的雲子捲，是親手做的。或著就在她們的本城和本鄉裡，有一個出名的染缸房，那染缸房會染出來很好的麻花布來，於是送了兩匹白布去，囑咐他好好的加細的染著。一匹是白地染藍花，一匹是藍地染白花。藍地的染的是劉海戲金錢，白地的染的是蝴蝶鬧蓮花。

一匹送給大姐姐，一匹送給三妹妹。現在這東西，就都帶在箱子裡邊。等過了一天二日的，尋個夜深人靜的時候，輕輕的從自己的箱底把這等東西取出來，擺在姐姐的面前，說：「這麻花布被面，妳帶回去吧！」

只說了這麼一句，看樣子並不像是送禮物，並不像今人似的，送一點禮物很怕鄰居左右看不見，是大嚷大吵著的，說這東西是從什麼山上，或是什麼海裡得來的，哪怕是小河溝子的出品，也必要連那小河溝子的身分也提高，說河溝子是怎樣的不凡，是怎樣的與眾不同，可不同別的河溝子。

這等鄉下人，糊裡糊塗的，要表現的無法表現，什麼也說不出來，只能把東西遞過去就算了事。至於那受了東西的，也是不會說什麼，連聲道謝也不說就收下了。也有的稍微推辭了一下，也就算了。

「留著妳自己用吧！」當然那送禮物的是加以拒絕。一拒絕，也就收下了。

每個回娘家看戲的姑娘，都零零碎碎的帶來一大批東西——送父母的，送兄嫂的，送姪女的，送三親六故的。帶了東西最多的，是凡見了長輩或晚輩都多少有點東西拿得出來，那就是誰的人情最周到。這一類的事情，等野台子唱完，拆了台子的時候，家家戶戶才慢慢的傳誦。

每個從婆家回娘家的姑娘，也都帶走很豐富的東西，這些都是人家送給她的禮品。東西豐富得很，不但有用的，也有吃的，母親親手裝的鹹肉，姐姐親手曬的乾魚，哥哥上山打獵打了一隻雁來醃上，至今還有一隻雁大腿，這個也給看戲小姑娘帶回去，帶回去給公公去喝酒吧。

於是烏三八四的，離走的前一天晚上，真是忙個不休，就要分散的姐妹們連說個話兒的工夫都沒有了，大包小包一大堆。

再說在這看戲的時間，除了看親戚、會朋友，還成了許多好事，那就是誰家的女兒和誰家公子訂婚了，說是明年二月或是三月就要娶親。訂婚酒已經吃過了，眼前就要過「小禮」的，所謂「小禮」就是在法律上的訂婚形式，一經過這番手續，東家的女兒，終歸就要成了西家的媳婦了。

也有男女兩家都是外鄉趕來看戲的，男家的公子也並不在，女家的小姐也並不在。只是兩家的雙親有媒人從中媾通著，就把親事給給定了；也有的喝酒作樂的隨便的把自己的女兒許給了人家。也有的男女兩家的公子、小姐都還沒有生出來，就給定下親了。這叫做「指腹為親」，這指腹為親的，多半都是相當有點資財的人家才有這樣的事。

兩家都很有錢，一家是本地的燒鍋掌櫃的，一家是白旗屯的大窩堡，兩家是一家種高粱，是一家壓燒酒。壓燒酒的需要高粱，種高粱的需要燒鍋買他的高粱，燒鍋非高粱不可，高粱非燒鍋不行。恰巧又趕上這兩家的婦人，都要將近生產，所以就「指腹爲親」了。無管是誰家生了男孩子，誰家生了女孩子，只要是一男一女就規定他們是夫婦。假若兩家都生了男孩，那就不能勉強規定了，兩家都生了女孩也是不能夠規定的。

但是這指腹爲親，好處不太多，壞處是很多的。半路上當中的一家窮了，不開燒鍋了，或者沒有窩堡了，其餘的一家，就不願意娶他家的媳婦，或是把女兒嫁給一家窮人。假若女家窮了，都還好辦，若實在不娶，他也沒有什麼辦法。若是男家窮了，男家就一定要娶，若一定不讓娶，那姑娘的名譽就很壞，說她把誰家誰給「妨」窮了，又不嫁了。

「妨」字在迷信上說就是因爲她命硬，因爲她某家某家窮了。以後的婆家就不大容易找人家，會給她起一個名叫做「望門妨」。無法，只得嫁過去，嫁過去之後，妯娌之間又要說她嫌貧愛富，百般的侮辱她。丈夫因此也不喜歡她了，公公婆婆也虐待她，她一個年輕的未出過家門的女子，受不住這許多攻擊，回到

娘家去，娘家也無甚辦法，就是那當年指腹為親的母親說：「這都是妳命（命

運），妳好好的耐著吧！」

年輕的女子，莫名其妙的，不知道自己為什麼要有這樣的命，於是往往演出

悲劇來，跳井的跳井，上吊的上吊。古語說，「女子上不了戰場。」其實不對的，

這井多麼深，平白的你問一個男子，問他這井敢跳不敢跳，怕他也不敢的，而一

個年輕的女子竟敢了。上戰場不一定死，也許回來鬧個一官半職的，可是跳井就

很難不死，一跳就多半跳死了。

那麼節婦坊上為什麼沒寫些讚美女子跳井跳得勇敢的讚詞？那是修節婦坊的

人故意刪去的。因為修節婦坊的，多半是男人，他家裡也有一個女人，他怕是寫

上了，將來他打他女人的時候，他的女人也去跳井。女人也跳下井，留下來一大

群孩子可怎麼辦？於是一律不寫。只寫，溫文爾雅，孝順公婆……

大戲還沒開台，就來了這許多事情。等大戲一開了台，那戲台下邊，真是人

山人海，擁擠不堪。搭戲台的人，也真是會搭，正選了一塊平平坦坦的大沙灘，

又光滑、又乾淨，使人就是倒在上邊，也不會把衣裳沾一絲兒的土星。這沙灘有

半里路長。人們笑語連天，哪裡是在看戲，鬧得比鑼鼓好像更響，那戲台上出來

一個穿紅的,進去一個穿綠的,只看見搖搖擺擺的走出走進,別的什麼也不知道了,不用說唱得好不好,就連聽也聽不到。離著近的還看得見不掛鬍子的演員在張嘴,離得遠的就連戲台那個穿紅衣裳的究竟是一個坤角,還是一個男角也都不大看得清楚。簡直是還不如看木偶戲。

但是若有一個唱木偶戲這時候來來在台上,唱起來,問他們看不看,那他們一定不看的,哪怕就連戲台子的邊也看不見了,哪怕是站在二里路之外,他們也不看那木偶戲的。因為在大戲台底下,哪怕就是睡了一覺回去,也總算是從大戲台子底下回來的,而不是從什麼別的地方回來的。

一年沒有什麼別的好看,就這一場大戲還能夠輕易的放過嗎?所以無論看不看,戲台底下是不能不來。所以一些鄉下的人也都來了,趕著幾套馬的大車,趕著老牛車,趕著花輪子,趕著小車子,小車子上邊駕著大騾子。總之,家裡有什麼車就駕了什麼車來。也有的似乎他們家裡並不養馬,也不養別的牲口,就只用了一匹小毛驢,拉著一個花輪子也就來了。

來了之後,這些車馬,就一齊停在沙灘上,馬匹在草包上吃著草,騾子到河裡去喝水。車子上都搭蓆棚,好像小看台似的,排列在戲台的遠處。那車子帶來

了他們的全家，從祖母到孫子媳，老少三輩，他們離著戲台二三十丈遠，聽是什麼也聽不見的，看也很難看到什麼，也不過是五紅大綠的，在戲台上跑著圈子，頭上戴著奇怪的帽子，身上穿著奇怪的衣裳，誰知道那些人都是幹什麼的？有的看了三天大戲子台，而連一場的戲名字也都叫不出來。回到鄉下去，他也跟著人家說長道短的，偶爾人家問了他說的是哪齣戲，他竟瞪了眼睛，說不出來了。

至於一些孩子們在戲台底下，就更什麼也不知道了，只記住一個大鬍子，一個花臉的，誰知道那些是在做什麼，比比劃劃，刀槍棍棒的亂鬧一陣。反正戲台底下有些賣涼粉的，有些賣糖球的，隨便吃去好了。什麼黏糕、油炸饅頭、豆腐腦都有，這些東西吃了又不飽，吃了這樣再去吃那樣。賣西瓜的，賣香瓜的，戲台底下都有，招得蒼蠅一大堆，嗡嗡的飛。

戲台上敲鑼打鼓震天的響。那唱戲的人，也似乎怕遠處的人聽不見，也在拚命的喊，喊破了喉嚨也壓不住台的。那在台下的早已忘記了是在看戲，都在那裡說長道短，男男女女的談起家常來。還有些個遠親，平常一年也看不到，今天在這裡看到了，哪能不打招呼？所以三姨二嬸子的，就在人多的地方大叫起來。

假若是在看台的涼棚裡坐著，忽然有一個老太太站了起來，大叫著說：「他

二舅母，妳可多久來的？」於是那一方也就應聲而起。

原來坐在看台的樓座上的，離著戲台比較近，聽著戲唱是聽得到的，所以那看台上比較安靜。姑娘媳婦都吃著瓜子，喝著茶。對這大嚷大叫的人，別人雖然討厭，但也不敢去禁止，你若讓她小一點聲講話，她會罵了出來：「這野台子戲，也不是妳家的，妳願聽戲，妳請一台子到妳家裡去唱……」另外的一個也說：「喲喲，我沒見過，看起戲來，都六親不認了，說個話兒也不讓……」

這還是比較好的，還有更不客氣的，一開口就說：「小養漢老婆……妳奶奶，一輩子家裡外頭麇受過誰的大聲小氣，今天來到戲台底下受妳的管教來啦，妳娘的……」被罵的人若是不搭言，過一回也就了事了，若一搭言，自然也沒有好聽的。於是兩邊就打了起來啦，西瓜皮之類就飛了過去。

這來在戲台下看戲的，不料自己竟演起戲來，於是人們一窩蜂似的，都聚在這個真打真罵的活戲的方面來了。也有一些流氓混子之類，故意的叫著好，惹得全場的人哄哄大笑。假若打仗的還是個年輕的女人，那些討厭的流氓們還會說著各樣的俏皮話，使她火上加油，越罵就越兇猛。

自然那老太太無理，她一開口就罵了人。但是一鬧到後來，誰是誰非也就看

不出來了。幸而戲台上的戲子總算沉著，不為所動，還在那裡阿拉阿拉的唱。過了一個時候，那打得熱鬧的也究竟平靜了。

再說戲台下邊也有一些個調情的，那都是南街豆腐房裡的嫂嫂，或是碾磨房的碾官磨官的老婆。碾官的老婆看上了一個趕馬車的車夫，或是豆腐匠看上了開糧米舖那家的小姑娘。有的是兩方面都眉來眼去，有的是一方面慇懃，他一方面則表示要拒之千里之外。這樣的多半是一邊低，一邊高，兩方面的資財不對。

紳士之流，也有調情的，彼此都坐在看台之上，東張張，西望望。三親六故、姐夫小姨之間，未免的就要多看幾眼，何況又都打扮得漂亮，非常好看。

紳士們平常到別人家的客廳去拜訪的時候，絕不能夠看上了人家的小姐就不住的看，那該多麼不紳士，那該多麼不講道德。那小姐若一告訴了她的父母，她的父母立刻就和這樣的朋友絕交。絕交了，倒不要緊，要緊的是一傳出去名譽該多壞。紳士是高雅的，哪能夠不清不白的，哪能夠不分長幼的去存心朋友的女兒，像那般下等人似的？

紳士彼此一拜訪的時候，都是先讓到客廳裡去，端端莊莊的坐在那裡，而後倒茶裝煙，規矩禮法，彼此都尊為是上等人。朋友的妻子兒女，也都出來拜見，

尊爲長著。在這種時候，只能問問大少爺的書讀了多少，或是又寫了多少字了。連朋友的太太也不可以過多的談話，何況朋友的女兒呢？那就連頭也不能夠抬的，哪裡還敢細看？

現在在戲台上看看怕不要緊，假設有人問道，就說是東看西看，瞧一瞧是否有朋友在別的看台上。何況這地方又人多眼雜，也許沒有人留意。

三看兩看的，朋友的小姐倒有沒有看上，可看上了一個不知道在什麼地方見到過的一位婦人，那婦人拿著小小的鵝翎扇子，從扇子梢上往這邊轉著眼珠，雖說是一位婦人，可是又年輕，又漂亮。這時候，這紳士就應該站起來打著口哨，好表示他是開心的，可是我們中國上一輩的老紳士不會這一套。他另外也有一套，就是他的眼睛似睜非睜的迷離恍惚的望了出去，表示他對她有無限的情意。可惜離得太遠，怕不會看得清楚，也許是枉費了心思了。

也有的在戲台下邊，不聽父母之命，不聽媒妁之言，自己就結了終身不解之緣。這多半是表哥表妹等等，稍有點出身來歷的公子小姐的行爲。他們一言爲定，終生和好，間或也有被父母所阻攔，生出來許多波折。但那波折都是非常美麗的，使人一講起來，眞是比看《紅樓夢》更有趣味。來年再唱大戲的時候，姐妹們一

講起這佳話來，真是增添了不少的回想……

趕著車進城來看戲的鄉下人，他們就在河邊沙灘上，紮了營了。夜裡大戲散了，人們都回家了，只有這等連車帶馬的，就在沙灘上過夜。好像出征的軍人似的，露天為營。有的住了一夜，第二夜就回去了。有的住了三夜，一直到大戲唱完，才趕著車子回鄉。

不用說這沙灘上是很雄壯的，夜裡，他們每家燃了火，煮茶的煮茶，談天的談天，但終歸是人數太少，也不過是二三十輛車子，所燃起來的火，也不會火光衝天，所以多少有一些淒涼之感。

夜深了，住在河邊上，被河水吸著又特別的涼，人家睡起覺來都覺得冷森森的。尤其是車夫馬官之類，他們不能夠睡覺，怕是有土匪來搶劫他們馬匹，所以就坐以待旦。

於是在紙燈籠下邊，三個兩個的賭錢。賭到天色發白了，該牽著馬到河邊去飲水去了。在河上，遇到了捉蟹的蟹船。蟹船上的老頭說：「昨天的『打漁殺家』唱得不錯，聽說今天有『汾河灣』。」那牽著牲口飲水的人，是一點大戲常識也沒有的。他只聽到牲口喝水的聲音呵呵的，其他的則不知所答了。

4.

四月十八娘娘廟大會，這也是爲著神鬼，而不是爲著人的。這廟會的土名叫做「逛廟」，也是無分男女老幼都來逛的，但其中以女子最多。

女子們早晨起來，吃了早飯，就開始梳洗打扮。打扮好了，就約了東家姐姐，西家妹妹的去逛廟去了。竟有一起來就先梳洗打扮的，打扮好了才吃飯，一吃了飯就走了。總之，一到逛廟這天，各不後人，到不了半晌午，就車水馬龍，擁擁擠得氣息不通了。

擠丟了孩子的站在那兒喊，找不到媽的孩子在人叢裡邊哭，三歲的、五歲的，還有兩歲的剛剛會走，竟也被擠丟了。所以，每年廟會上必得有幾個警察在收這些孩子。收了站在廟台上，等著他的家人來領。

偏偏這些孩子都很膽小，張著嘴大哭，哭得實在可憐，滿頭滿臉是汗。

有的十二三歲了，也被丟了，問他家住在哪裡？他竟說不出所以然來，東指

指、西畫畫，說是他家門口有一條小河溝，那河溝裡邊出蝦米，就叫做「蝦溝子」，也許他家那地名就叫「蝦溝子」，聽了使人莫名其妙。

再問他蝦溝子離城多遠，他便說：騎馬要一頓飯的工夫可到，坐車要一頓飯的工夫可到。究竟離城多遠，他沒有說。問他姓什麼，他說他祖父叫史二，他父親叫史成……這樣你就再也不敢問他了。要問他吃飯沒有？他就說「睡覺了」。

這是沒有辦法的，任他去吧。於是卻連大帶小的一齊站在廟門口。他們哭的哭、叫的叫，好像小獸似的，警察在看守他們。

娘娘廟是在北大街上，老爺廟和娘娘廟離不了好遠。那些燒香的人，雖然說是求子求孫，是先該向娘娘來燒香的，但是人們都以為陰間也是一樣的重男輕女，所以都是先到老爺廟去，打過鐘，磕過頭，好像跪到那裡報個到似的，而後才上娘娘廟去。

老爺廟有大泥像十多尊，不知道哪個是老爺，都是威風凜凜，氣概蓋世的樣子，有的泥像的手指尖都被攀了去，舉著沒有手指的手在那裡站著，有的眼睛被挖了，像是個瞎子似的。有的泥像的腳趾是被寫了一大堆的字，那字不太高雅，不怎麼合乎神的身分；似乎是說泥像也該娶個老婆，不然他看了和尚去找小尼姑，他是

要忌妒的。這字現在沒有了，傳說是這樣。

為了這個，縣官下了手令：不到初一、十五，一律把廟門鎖起來，不准閒人進去。當地的縣官是很講仁義道德的。傳說他第五個姨太太，就是從尼姑庵接來的，所以他始終相信尼姑絕不會找和尚，自古就把尼姑列在和尚一起，其實是世人不察，人云亦云。好比縣官的第五房姨太太，就是個尼姑，難道她也被和尚找過了嗎？這是不可能的。所以下令，一律的把廟門關了。

娘娘廟裡比較的清靜，泥像也有一些個，以女子為多，多半都沒有橫眉豎眼，近乎普通人，使人走進了大殿不必害怕。不用說是娘娘了，那自然是很好的溫順的女性。就說女鬼吧，也都不怎樣惡，至多也不過披頭散髮的就完了，也絕沒有像老爺廟裡那般泥像似的，眼睛冒了火，或像老虎似的張著嘴。不但孩子進了老爺廟有的嚇得大哭，就連壯年的男人進去也要肅然起敬，好便說雖然他在壯年，那泥像若走過來和他打打，他也絕打不過那泥像的。

所以在老爺廟上磕頭的人，心裡比較虔誠，因為那泥像身子高、力氣大。到了娘娘廟，雖然也磕頭，但就總覺得那娘娘沒有什麼出奇之處。

塑泥像的人是男人，他把女人塑得很溫順，似乎對女人很尊敬。他把男人塑

得很兇猛，似乎男性很不好。其實不對的，世界上的男人，無論多兇猛，眼睛冒火的似乎還未曾見過。就說西洋人吧，雖然與中國人的眼睛不同，但也不過是藍瓦瓦的有點類似貓頭鷹的眼睛而已，居然間冒了火的也沒有。眼睛會冒火的民族，目前的世界還未實現。

那麼塑泥像的人為什麼把他塑成那個樣子呢？那就是讓你一見生畏，不但磕頭，而且要心服。就是磕完了頭站起來再看著，也絕不會後悔，不會後悔這頭是向一個平庸無奇的人白白磕了。至於塑像的人塑起女子來為什麼要那麼溫順，那就告訴人，溫順的就是老實的，老實的就是好欺侮的，告訴人快來欺侮她們吧。

人若老實了，不但異類要來欺侮，就是同類也不同情。

比方女子去拜過娘娘廟，也不過向娘娘討子討孫。討完了就出來了，其餘的並沒有什麼尊敬的意思。覺得子孫娘娘也不過是個普通的女子而已，只是她的孩子多了一些。所以男人打老婆的時候便說：「娘娘還得怕老爺打呢？何況妳一個長舌婦！」可見男人打女人是天理應該，神鬼齊一。怪不得那娘娘廟裡的娘娘特別溫順，原來是常常挨打的緣故。可見溫順也不是怎麼優良的天性，而是被打的結果，甚或是招打的原由。

兩個廟都拜過了的人，就出來了擁擠在街上。街上賣什麼玩具的都有，多半玩具都是適於幾歲的小孩子玩的。泥做的泥公雞，雞尾巴上插著兩根紅雞毛，一點也不像，可是使人看去，就比活的更好看。家裡有小孩子的不能不買，何況拿在嘴上一吹又會嗚嗚的響。

買了泥公雞，又看見了小泥人，小泥人的背上也有一個洞，這洞裡邊插著一根蘆葦，一吹就響。那聲音好像是訴怨似的，不大好聽，但是孩子們都喜歡，做母親的也一定要買。其餘的如賣哨子的，賣小笛子的，賣錢蝴蝶的，賣不倒翁的，其中尤以不倒翁最著名，也最上講究，家家都買，有錢的買大的，沒有錢的買個小的。大的有一尺多高，二尺來高。小的有小得像個鴨蛋似的。無論大小，都非常靈活，按倒了就起來，起得很快，是隨手就起來的。

買不倒翁要當場試驗，間或有生手的工匠所做出來的不倒翁，因屁股太大了，它不願意倒下，也有的倒下了它就不起來。所以買不倒翁的人就把手伸出去，一律把它們按倒，看哪個先站起來就買哪個，當那一倒一起的時候真是可笑，攤子旁邊圍了些孩子，專在那裡笑。不倒翁長得很好看，又白又胖，並不是老翁的樣子，也不過它的名字叫不倒翁就是了。其實它是一個胖孩子，做得講究一點的，

頭頂上還貼了一座毛算是頭髮。

有頭髮的比沒有頭髮的要貴二百錢。有的孩子買的時候力爭要戴頭髮的，做母親的捨不得那二百錢，就說到家給他剪點狗毛貼。孩子非要戴毛的不可，選了一個戴毛的抱在懷裡不放，沒有法只得買了。

這孩子抱著歡喜了一路，等到家一看，那座毛不知什麼時候已經飛了，於是孩子大哭。雖然母親已經剪了座狗毛貼上了，但那孩子就總覺得這狗毛不是真的，不如原來的好看。也許那原來也貼的是狗毛，或許還不如現在的這個好看。

但那孩子就總不開心，憂愁了一個下半天。

廟會到下半天就散了。雖然廟會是散了，可是廟門還開著，燒香的人、拜佛的人繼續的還有。有些沒有兒子的婦女，仍舊在娘娘廟上捉弄著娘娘。給子孫娘娘的背後釘一個鈕扣，給她的腳上綁一條帶子，耳朵上掛一隻耳環，給她戴一副眼鏡，把她旁邊的泥娃娃給偷著抱走了一個。據說這樣做，來年就都會生兒子的。

娘娘廟的門口，賣帶子的特別多，婦人們都爭著去買，他們相信買了帶子，就會把兒子給帶來了。

若是未出嫁的女兒，也誤買了這東西，那就將成為大家的笑柄了。

廟會一過，家家戶戶就都有一個不倒翁，離城遠至十八里路的，也都買了一個回去。回到家裡，擺在迎門的向口，使別人一個眼就看見了，他家的確有一個不倒翁。不差，這證明逛廟會的時節他家並沒有落伍，的確是去逛過了。

歌謠上說：小大姐，去逛廟，扭扭搭搭走得俏，回來買個扳不倒。

5.

這些盛舉，都是為鬼而做的，並非為人而做的。至於人去看戲、逛廟，也不過是揩油借光的意思。跳大神有鬼，唱大戲是唱給龍王爺看的，七月十五放河燈，是把燈放給鬼，讓他頂著個燈去脫生。四月十八也是燒香磕頭的祭鬼。

只有跳秧歌，是為活人而不是為鬼預備的。跳秧歌是在正月十五，正是農閑的時候，趁著新年而化起裝來，男人裝女人，裝得滑稽可笑。

獅子、龍燈、旱船……等等，似乎也跟祭鬼似的，花樣複雜，一時說不清楚。

有了祖父就夠了，還怕什麼呢？雖然父親的冷淡，母親
的惡言惡色，和祖母的用針刺我手指的這些事，都覺得
算不了什麼。

1.

呼蘭河這小城裡邊住著我的祖父。

我生的時候，祖父已經六十多歲了，我長到四五歲，祖父就快七十了。

我家有一個大花園，這花園裡蜂子、蝴蝶、蜻蜓、螞蚱，樣樣都有。蝴蝶有白蝴蝶、黃蝴蝶。這種蝴蝶極小，不太好看。好看的是大紅蝴蝶，滿身帶著金粉。

蜻蜓是金的，螞蚱是綠的，蜂子則嗡嗡的飛著，滿身絨毛，落到一朵花上，胖圓圓的就和一個小毛球似的不動了。

花園裡邊明晃晃的，紅的紅，綠的綠，新鮮漂亮。

據說這花園，從前是一個果園。祖母喜歡吃果子就種了果園。祖母又喜歡養羊，羊就把果樹給啃了，果樹於是都死了。到我有記憶的時候，園子裡就只有一棵櫻桃樹，一棵李子樹，因為櫻桃和李子都不大結果子，所以覺得它們是並不存在的。小的時候，只覺得園子裡邊就有一棵大榆樹。

這榆樹在園子的西北角上，來了風，這榆樹先嘯，來了雨，大榆樹先就冒煙了。太陽一出來，大榆樹的葉子就發光了，它們閃爍得和沙灘上的蚌殼一樣了。

祖父一天都在後園裡邊，我也跟著祖父在後園裡邊。祖父戴一個大草帽，我戴一個小草帽，祖父栽花，我就栽花；祖父拔草，我就拔草。當祖父下種小白菜的時候，我就跟在後邊，把那下了種的土窩，用腳一個一個的溜平。哪裡會溜得準？東一腳的，西一腳的瞎鬧。有的把菜種不單沒被土蓋上，反而把菜子踢飛了。

小白菜長得非常之快，沒有幾天就冒了芽了，一轉眼就可以拔下來吃了。

祖父鏟地，我也鏟地，因為我太小，拿不動那鋤頭桿，祖父就把鋤頭桿拔下來，讓我單拿著那個鋤頭的「頭」來鏟。其實哪裡是鏟？也不過爬在地上，用鋤頭亂勾一陣就是了。也認不得哪個是苗，哪個是草，往往把韭菜當做野草一起的割掉，把狗尾草當做穀穗留著。等祖父發現我鏟的那塊滿留著狗尾草的一片，他就問我：「這是什麼？」

我說：「穀子。」

祖父大笑起來，笑得夠了，把草摘下來問我：「妳每天吃的就是這個嗎？」

我說：「是的。」

我看著祖父還在笑，我就說：「你不信，我到屋裡拿來你看。」

我跑到屋裡拿了鳥籠上的一頭穀穗，遠遠的就拋給祖父了，說：「這不是一樣的嗎？」

祖父慢慢的把我叫過去，講給我聽，說穀子是有芒針的，狗尾草則沒有，只是毛嘟嘟的真像狗尾巴。

祖父雖然教我，我看了也並不細看，也不過馬虎虎承認下來就是了。一抬頭看見了一個黃瓜長大了，跑過去摘下來，我又去吃黃瓜去了。

黃瓜也許沒有吃完，又看見了一個大蜻蜓從旁飛過，於是丟了黃瓜又去追蜻蜓去了。蜻蜓飛得多麼快，哪裡會追得上？好在一開初也沒有存心一定追上，所以站起來，跟了蜻蜓跑了幾步就又去做別的了。

採一個矮瓜花心，捉一個大綠豆青螞蚱，把螞蚱腿用線綁上，綁了一會，也許把螞蚱腿就綁掉，線頭上只拴了一隻腿，而不見螞蚱了。玩膩了，又跑到祖父那裡去亂鬧一陣。

祖父澆菜，我也搶過來澆，奇怪的就是並不往菜上澆，而是拿著水瓢，拚盡

了力氣，把水往天空裡一揚，大喊著：「下雨了，下雨了。」

太陽在園子裡是特大的，天空是特別高的，太陽的光芒四射，亮得使人睜不開眼睛，亮得蚯蚓不敢鑽出地面來，蝙蝠不敢從什麼黑暗的地方飛出來。是凡在太陽下的，都是健康的、漂亮的，拍一拍連大樹都會發響的，叫一叫就是站在對面的土牆都會回答似的。

花開了，就像花睡醒了似的。鳥飛了，就像鳥上天了似的。蟲子叫了，就像蟲子在說話似的。一切都活了，都有無限的本領，要做什麼，就做什麼。要怎麼樣，就怎麼樣，都是自由的。

矮瓜願意爬上架就爬上架，願意爬上房就爬上房。黃瓜願意開一個謊花，就開一個謊花，願意結一個黃瓜，就結一個黃瓜；若都不願意，就是一個黃瓜也不結，一朵花也不開，也沒有人問它似的。玉米願意長多高就長多高，它若願意長上天去，也沒有人管。蝴蝶隨意的飛，一會從牆頭上飛來一對黃蝴蝶，一會又從牆頭上飛走了一個白蝴蝶。牠們是從誰家來的，又飛到誰家去？太陽也不知道這個。

只是天空藍悠悠的，又高又遠。

可是白雲一來了的時候，那大團的白雲，好像灑了花的白銀似的，從祖父的頭上經過，好像要壓到祖父的草帽那麼低。

我玩累了，就在房子底下找個陰涼的地方睡著了。不用枕頭，不用蓆子，就把草帽遮在臉上就睡了。

2.

祖父的眼睛是笑盈盈的，祖父的笑，常常笑得和孩子似的。

祖父是個長得很高的人，身體很健康，手裡喜歡拿著個手杖。嘴上則不住的抽著旱煙管，遇到了小孩子，每每喜歡開個玩笑，說：「你看天空飛個家雀。」趁那孩子往天空一看，就伸出手去把那孩子的帽給取下來了，有的時候放在長衫的下邊，有的時候放在袖口裡頭。他說：「家雀叼走了你的帽啦。」

孩子們都知道了祖父的這一手了，並不以為奇，就抱住他的大腿，向他要帽子，摸著他的袖管，撕著他的衣襟，一直到找出帽子來為止。

祖父常常這樣做，也總是把帽子放在同一的地方，總是放在袖口和衣襟下。

那些搜索他的孩子沒有一次不是在他衣襟下把帽子拿出來的，好像他和孩子們約定了似的，「我就放在這塊，你來找吧！」

這樣的不知做過了多少次，就像老太太永久講著「上山打老虎」這一個故事給孩子們聽似的，哪怕是已經聽過了五百遍，也還是在那裡回回拍手，回回叫好。

每當祖父這樣做一次的時候，祖父和孩子們都一齊的笑得不得了，好像這戲還像第一次演似的。

別人看了祖父這樣做，也有笑的，可不是笑祖父的手法好，而是笑他天天使用一種方法抓掉了孩子的帽子，這未免可笑。

祖父不怎樣會理財，一切家務都由祖母管理。祖父只是自由自在的一天閑著，我想，幸好我長大了，我三歲了，不然祖父該多寂寞。我會走了，我會跑了。我走不動的時候，祖父就抱著我；我走動了，祖父就拉著我。一天到晚，門裡門外，寸步不離，而祖父多半是在後園裡，於是我也在後園裡。

我小的時候，沒有什麼同伴，我是我母親的第一個孩子。我記事很早，在我三歲的時候，我記得我的祖母用針刺過我的手指，所以我很不喜歡她。

我家的窗子，都是四邊糊紙，當中嵌著玻璃，祖母是有潔癖的，以她屋的窗紙最白淨。別人抱著把我一放在祖母的炕邊上，我不加思索的就要往炕裡邊跑，跑到窗子那裡，就伸出手去，把那白白透著花窗櫺的紙窗給通了幾個洞，若不加阻止，就必得挨著排給通破，若有人招呼著我，我也得加速的搶著多通幾個才能停止。手指一觸到窗上，那紙窗像小鼓似的，嘭嘭的就破了。破得越多，自己越得意。祖母若來追我的時候，我就越得意了，笑得拍著手，跳著腳的。

有一天祖母看我來了，她拿了一個大針就到窗子外邊去等我去了。我剛一伸出手去，手指就痛得厲害。我就叫起來了。那就是祖母用針刺了我。

從此，我就記住了，我不喜她。雖然她也給我糖吃，她咳嗽時吃豬腰燒川貝母，也分給我豬腰，但是我吃了豬腰還是不喜她。

有一次她自己一個人坐在炕上熬藥，藥壺是坐在炭火盆上，因為屋裡特別的寂靜，聽得見那藥壺骨碌骨碌的響。祖母住著兩間房子，是裡外屋，恰巧外屋也沒有人，裡屋也沒有人，就是她自己。我把門一開，祖母並沒有看見我，於是我就用拳頭在板隔壁上，咚咚的打了兩拳。我聽到祖母「噅」的一聲，鐵火剪子就

在她臨死之前，病重的時候，我還曾嚇了她一跳。

掉了地上了。我再探頭一望，祖母就罵起我來。她好像就要下地來追我似的，我就一邊笑著，一邊跑了。

我這樣的嚇唬祖母，也並不是向她報仇，那時我才五歲，是不曉得什麼的，也許覺得這樣好玩。

祖父一天到晚是閑著的，祖母什麼工作也不分配給他。只有一件事，就是祖母的地襪上的擺設，有一套錫器，卻總是祖父擦的。

這可不知道是祖母派給他的，還是他自動的願意工作，每當祖父一擦的時候，我就不高興，一方面是不能領著我到後園裡去玩了，另一方面祖父因此常常挨罵，祖母罵他懶，罵他擦得不乾淨。

祖母一罵祖父的時候，就常常不知爲什麼連我也罵上。

祖母一罵祖父，我就拉著祖父的手往外邊走，一邊說：「我們後園裡去吧。」

也許因此祖母也罵了我。她罵祖父是「死腦瓜骨」，罵我是「小死腦瓜骨」。

我拉著祖父就到後園裡去了，一到了後園裡，立刻就另是一個世界了。絕不是那房子裡的狹窄的世界，而是寬廣的，人和天地在一起，天地是多麼大，多麼遠，用手摸不到天空。而土地上所長的又是那麼繁華，一眼看上去，是看不完的，

只覺得眼前鮮綠的一片。

一到後園裡，我就沒有對象的奔了出去，好像我是看準了什麼而奔去了似的，好像有什麼在那兒等著我似的。其實我是什麼目的也沒有，只覺得這園子裡邊無論什麼東西都是活的，好像我的腿也非跳不可了。

若不是把全身的力量跳盡了，祖父怕我累了想招呼住我，那是不可能的，反而他越招呼，我越不聽話。等到自己實在跑不動了，才坐下來休息，那休息也是很快的，也不過隨便在秧子上摘下一個黃瓜來，吃了也就好了。休息好了又是跑。

櫻桃樹，明是沒有結櫻桃，就偏跑到樹上去找櫻桃。李子樹是半死的樣子了，本不結李子的，就偏去找李子。一邊在找，還一邊大聲的喊，在問著祖父：「爺爺，櫻桃樹為什麼不結櫻桃？」

祖父老遠的回答著：「因為沒有開花，就不結櫻桃。」

再問：「為什麼櫻桃樹不開花？」

祖父說：「因為妳嘴饞，它就不開花。」

我一聽了這話，明明是嘲笑我的話，於是就飛奔著跑到祖父那裡，似乎是很生氣的樣子。等祖父把眼睛一抬，他用了完全沒有惡意的眼睛一看我，我立刻就

笑了。而且是笑了半天的工夫才能夠止住，不知哪裡來了那許多的高興。把後園一時都讓我攪亂了，我笑的聲音不知有多大，自己都感到震耳了。

後園中有一棵玫瑰。一到五月就開花的，一直開到六月。花朵和醬油碟那麼大，開得很茂盛，滿樹都是，因爲花香，招來了很多的蜂子，嗡嗡的在玫瑰樹那兒鬧著。別的一切都玩厭了的時候，我就想起來去摘玫瑰花，摘了一大堆，把草帽脫下來用帽兜子盛著。

花若給祖父戴起來該多好看。

在摘那花的時候，有兩種恐懼，一種是怕蜂子的勾刺人，另一種是怕玫瑰的刺刺手。好不容易摘了一大堆，摘完了可又不知道做什麼了，忽然異想天開，這花若給祖父戴起來該多好看。

祖父蹲在地上拔草，我就給他戴花。祖父只知道我是在捉弄他的帽子，而不知道我到底在幹什麼。我把他的草帽給他插了一圈的花，紅通通的二三十朵。

我一邊插著一邊笑，當我聽到祖父說：「今年春天雨水大，咱們這棵玫瑰開得這麼香，二里路也怕聞得到的。」就把我笑得哆嗦起來，我似乎沒有支持的能力再插上去。

等我插完了，祖父還是安然的不曉得，他還照樣的拔著壟上的草。我跑得很

遠的站著，我不敢往祖父那邊看，一看就想笑。所以我藉機進屋去找一點吃的來，

還沒有等我回到園中，祖父也進屋來了。那滿頭紅通通的花朵，一進來祖母就看

見了。她看見什麼也沒說，就大笑了起來。父親母親也笑了起來，而以我笑得最

厲害，我在炕上打著滾笑。祖父把帽子摘下來一看，原來那玫瑰的香並不是因為

今年春天雨水大的緣故，而是那花就頂在他的頭上。

他把帽放下，他笑了十多分還停不住，過一會一想起來，又笑了。

祖父剛有點忘記了，我就在旁邊提著說：「爺爺……今年春天雨水大呀……」

一提起，祖父的笑就來了，於是我也在炕上打起滾來。

就這樣，祖父、後園、我，這三樣是一樣也不可缺少的了。

颳了風，下了雨，祖父不知怎樣，在我卻是非常寂寞的了。去沒有去處，玩

沒有玩的，覺得這一天不知有多少日子那麼長。

3.

偏偏這後園每年都要封閉一次的，秋雨之後這花園就開始凋零了，黃的黃、敗的敗，好像很快似的一切花朵都滅了，好像有人把它們摧殘了似的。它們一齊都沒有從前那麼健康了，好像它們都很疲倦了，而要休息了似的，好像要收拾收拾回家去了似的。

大榆樹也是落著葉子，當我和祖父偶爾在樹下坐坐，樹葉竟落在我的臉上來了。

樹葉飛滿了後園。

沒有多少時候，大雪又落下來了，後園就被埋住了。

通到園去的後門，也用泥封起來了，封得很厚，整個的冬天掛著白霜。

我家住著五間房子，祖母和祖父共住兩間，母親和父親共住兩間。祖母住的是西屋，母親住的是東屋。

是五間一排的正房，廚房在中間，一齊是玻璃窗子、青磚牆、瓦房間。

祖母的屋子，一個是外間，一個是內間。外間裡擺著大躺箱、地長桌、太師椅。椅子上鋪著紅椅墊，躺箱上擺著硃砂瓶，長桌上列著坐鐘。鐘的兩邊站著帽筒。帽筒上並不掛著帽子，而插著幾個孔雀翎。

我小的時候，就喜歡這個孔雀翎，我說它有金色的眼睛，總想用手摸一摸，

祖母就一定不讓我摸，祖母是有潔癖的。

還有祖母的躺箱上擺著一個坐鐘，那坐鐘是非常稀奇的，畫著一個穿著古裝的大姑娘，好像活了似的，每當我到祖母屋子去，若是屋子裡沒有人，她就總用眼睛瞪我，我幾次的告訴過祖父，祖父說：「那是畫的，她不會瞪人。」

我一定說她是會瞪人的，因為我看得出來，她的眼珠像是會轉。

還有祖母的大躺箱上也盡雕著小人，盡是穿古裝衣裳的，寬衣大袖，還戴頂子，帶著翎子。滿箱子都刻著，大概有二三十個人，還有吃酒的，吃飯的，還有作揖的……

我總想要細看一看，可是祖母不讓我沾邊，我還離得很遠的，她就說：「可不許用手摸，妳的手髒。」

祖母的內間裡邊，在牆上掛著一個很古怪很古怪的掛鐘，掛鐘的下邊用鐵鍊子垂著兩穗鐵包米。鐵包米比眞的包米大了很多，看起來非常重，似乎可以打死一個人。再往那掛鐘裡邊看就更稀奇古怪了，有一個小人，長著藍眼珠，鐘擺一秒鐘就響一下，鐘擺一響，那眼珠就同時一轉。

那小人是黃頭髮、藍眼珠，跟我相差太遠，雖然祖父告訴我，說那是毛子人，

但我不承認她，我看她不像什麼人。所以我每次看這掛鐘，就半天半天的看，都看得有點發呆了。我想：這毛子人就總在鐘裡邊呆著嗎？永久也不下來玩嗎？

外國人在呼蘭河的土語叫做「毛子人」。我四五歲的時候，還沒有見過一個毛子人，以為毛子人就是因為她的頭髮毛烘烘的捲著的緣故。

祖母的屋子除了這些東西，還有很多別的，因為那時候，別的我都不發生什麼趣味，所以只記住了這三五樣。

母親的屋裡，就連這一類的古怪玩藝也沒有了，都是些普通的描金櫃，也是些帽筒、花瓶之類，沒有什麼好看的，我沒有記住。

這五間房子的組織，除了四間住房、一間廚房之外。還有極小的，極黑的兩個小後房。祖母一個，母親一個。

那裡邊裝著各種樣的東西，因為是儲藏室的緣故。

罈子罐子、箱子櫃子、筐子簍子，除了自己家的東西，還有別人寄存的。那裡邊的耗子很多，蜘蛛網也很多，空氣不大好，永久有一種撲鼻的和藥的氣味似的。

我覺得這儲藏室很好玩，隨便打開哪一隻箱子，裡邊一定有一些好看的東西，

花絲線、各種色的綢條、香荷包、搭腰、褲腿、馬蹄袖、繡花的領子。古香古色，顏色都配得特別的好看。箱子裡邊也常常有藍翠的耳環或戒指，被我看見了，我一看見就非要一個玩不可，母親就常常隨手拋給我一個。

還有些桌子帶著抽屜的，一打開那裡邊更有些好玩的東西，銅環、木刀、竹尺、觀音粉。這個都是我在別的地方沒有看過的。而且這抽屜始終也不鎖的，所以我常常隨意的開，開了就把樣樣，似乎是不加選擇的都搜了出去，左手拿著木頭刀，右手拿著觀音粉，這裡砍一下，那裡畫一下。後來我又得到了一個小鋸，用這小鋸，我開始毀壞起東西來，在椅子腿上鋸一鋸，在炕沿上鋸一鋸。我自己竟把我自己的小木刀也鋸壞了。

無論吃飯和睡覺，我這些東西都帶在身邊，吃飯的時候，我就用這小鋸，鋸著饅頭。睡覺做起夢來還喊著：「我的小鋸哪裡去了？」

這儲藏室好像變成我探險的地方了。我常常趁著母親不在屋，就打開門進去了。儲藏室也有一個後窗，下半天也有一點亮光，我就趁著這亮光打開了抽屜，這抽屜已經被我翻得差不多的了，沒有什麼新鮮的了。翻了一會，覺得沒有什麼趣味了，就出來了。到後來連一塊水膠、一段繩頭都讓我拿出來了，把五個抽屜通

通拿空了。

除了抽屜還有筐子籠子，但那個我不敢動，似乎每一樣都是黑洞洞的，灰塵不知有多厚，蛛網蛛絲的不知有多少，因此我連想也不想動那東西。

記得有一次，我走到這黑屋子的極深極遠的地方去，一個發響的東西撞住我的腳上，我摸起來抱到光亮的地方一看，原來是一個小燈籠，用手指把灰塵一畫，露出來是個紅玻璃的。

我在一兩歲的時候，大概我是見過燈籠的，可是長到四五歲，反而不認識了。

我不知道這是個什麼，我抱著去問祖父去了。

祖父給我擦乾淨了，裡邊點上個洋蠟燭，於是我歡喜得就打著燈籠滿屋跑，跑了好幾天，一直到把這燈籠打碎了才算完了。

我在黑屋子裡邊又碰到了一塊木頭，這塊木頭是上邊刻著花的，用手一摸，很不光滑，我拿出來用小鋸鋸著。

祖父看見了，說：「這是印帖子的帖板。」

我不知道什麼叫帖子，祖父刷上一片墨刷一張給我看，我只看見印出來幾個小人，還有一些亂七八糟的花，還有字。祖父說：「咱們家開燒鍋的時候，發帖

子就是用這個印的，這是一百吊的……，還有五十吊的，十吊的……」

祖父給我印了許多，還用鬼子紅給我印了些紅的。

還有戴纓子的清朝的帽子，我也拿了出來戴上。多少年前的老大的鵝翎扇子，我也拿了出來吹著風。翻了一瓶莎仁出來，那是治胃病的藥，母親吃著，我也跟著吃。

不久，這些三八百年前的東西，都被我弄出來了。有些是祖母保存著的，有些是已經出了嫁的姑母的遺物，已經在那黑洞洞的地方放了多少年了，連動也沒有動過，有些個快要腐爛了，有些個生了蟲子，因為那些東西早被人們忘記了，好像世界上已經沒有那麼一回事了。而今天忽然又來到了他們的眼前，他們受了驚似的又恢復了他們的記憶。

每當我拿出一件新的東西的時候，祖母看見了，祖母說：「這是多少年前的了！這是妳大姑在家裡邊玩的……」

祖父看見了，祖父說：「這是妳二姑在家時用的……」

這是妳大姑的扇子，那是你三姑的花鞋……都有了來歷。但我不知道誰是我的三姑，誰是我的大姑。也許我一兩歲的時候，我見過她們，可是我到四五歲時，

我就不記得了。

我祖母有三個女兒，到我長起來時，她們都已出嫁了。可見二三十年內就沒有小孩子了，而今也只有我一個。實在的還有一個小弟弟，不過那時他才一歲半歲的，所以不算他。

家裡邊多少年前放的東西，沒有動過，他們過的是既不向前，也不回頭的生活，是凡過去的，都算是忘記了，未來的，他們也不怎樣積極的希望著，只是一天一天的平板的，無怨無尤的在他們祖先給他們準備好的口糧之中生活著。

等我生來了，第一給了祖父的無限的歡喜，等我長大了，祖父非常的愛我。使我覺得在這世界上，有了祖父就夠了，還怕什麼呢？雖然父親的冷淡，母親的惡言惡色，和祖母的用針刺我手指的這些事，都覺得算不了什麼。何況又有後花園！後園雖然讓冰雪給封閉了，但是又發現了這儲藏室。這裡邊是無窮無盡的什麼都有，這裡邊寶藏著的，都是我所想像不到的東西，使我感到這世上的東西怎麼這樣多！而且樣樣好玩，樣樣新奇。

比方我得到了一包顏料，是中國的大綠，看那顏料閃著金光，可是往指甲上一染，指甲就變綠了，往胳臂上一染，胳臂立刻飛來了一張樹葉似的。實在是好

看，也實在是莫名其妙，所以心裡邊就暗暗的歡喜，莫非是我得了寶貝嗎？

得了一塊觀音粉。這觀音粉往門上一畫，門就白了一道，往窗上一畫，窗就白了一道。這可真有點奇怪，大概祖父寫字的墨是黑墨，而這是白墨吧。

得了一塊圓玻璃，祖父說是「顯微鏡」。它在太陽底下一照，竟把祖父裝好的一袋煙照著了。

這該多麼使人歡喜，什麼什麼都會變的。你看它是一塊廢鐵，說不定它就有用，比方我撿到一塊四方的鐵塊，上邊有一個小窩。祖父把榛子放在小窩裡邊，打著榛子給我吃。在這小窩裡打，不知道比用牙咬要快了多少倍。何況祖父老了，他的牙又多半不大好。

我天天從那黑屋子往外搬著，而天天有新的。搬出來一批，玩厭了，弄壞了，就再去搬。因此使我的祖父、祖母常常的慨嘆。

他們說這是多少年前的了，連我的第三個姑母還沒有生的時候就有這東西。那是多少年前的了，還是分家的時候，從我曾祖那裡得來的呢。又那樣那樣是什麼人送的，而那家人家到今天也都家敗人亡了，而這東西還存在著。

又是我在玩著的那葡蔓藤的手鐲，祖母說她就戴著這個手鐲，有一年夏天坐

著小車子，抱著我大姑去回娘家，路上遇了土匪，把金耳環給摘去了，而沒有要這手鐲。若也是金的銀的，那該多危險，也一定要被搶去的。

我聽了問她：「我大姑在哪兒？」

祖父笑了。祖母說：「我大姑在哪兒？」

原來是四十年前的事情，我哪裡知道？可是藤手鐲卻戴在我的手上，我舉起手來，搖了一陣，那手鐲好像風車似的，滴溜溜的轉，手鐲太大了，我的手太細了。

祖母看見我把從前的東西都搬出來了，她常常罵我：「妳這孩子，沒有東西不拿著玩的，這小不成器的⋯⋯」她嘴裡雖然是這樣說，但她又在光天化日之下得以重看到這東西，也似乎給了她一些回憶的滿足。所以她說我是並不十分嚴苛的，我當然是不聽她，該拿還是照舊的拿。

於是我家裡久不見天日的東西，經我這一搬弄，才得以見了天日。

於是壞的壞，扔的扔，也就都從此消滅了。

我有記憶的第一個冬天，就這樣過去了。沒有感到十分的寂寞，但總不如在後園裡那樣玩著好。但孩子是容易忘記的，也就隨遇而安了。

4.

第二年夏天，後園裡種了不少的韭菜，是因為祖母喜歡吃韭菜餡的餃子而種的。可是當韭菜長起來時，祖母就病重了，而不能吃這韭菜了，家裡別的人也沒有吃這韭菜，韭菜就在園子裡荒著。

因為祖母病重，家裡非常熱鬧，來了我的大姑母，又來了我的二姑母。

二姑母是坐著她自家的小車子來的。那拉車的騾子掛著鈴鐺，嘩嘩啷啷的就停在窗前了。從那車上第一個就跳下來一個小孩，那小孩比我高了一點，是二姑母的兒子。他的小名叫「小蘭」，祖父讓我向他叫蘭哥。

別的我都不記得了，只記得不大一會工夫，我就把他領到後園裡去了。告訴他這個是玫瑰樹，這個是狗尾草，這個是櫻桃樹。櫻桃樹是不結櫻桃的，我也告訴了他。

不知道在這之前他見過我沒有，我可並沒有見過他。我帶他到東南角上去看

那棵李子樹時，還沒有走到眼前，他就說：「這樹前年就死了。」

他說了這樣的話，是使我很吃驚的。這樹死了，他可怎麼知道的？心中立刻來了一種忌妒的情感，覺得這花園是屬於我的，和屬於祖父的，其餘的人連曉得也不該曉得才對的。

我問他：「那麼你來過我們家嗎？」

他說他來過。這個我更生氣了，怎麼他來我不曉得呢？

我又問他：「你什麼時候來過的？」

他說前年來的，他還帶給我一個毛猴子。他問著我：「妳忘了嗎？妳抱著那毛猴子就跑，跌倒了妳還哭了哩！」

我無論怎樣想，也想不起來了。不過總算他送給我過一個毛猴子，可見對我是很好的，於是我就不生他的氣了。從此天天就在一塊玩。

他比我大三歲，已經八歲了，他說他在學堂裡邊唸了書的，他還帶來了幾本書，晚上在煤油燈下他還把書拿出來給我看。書上有小人、有剪刀、有房子。因為都是帶著圖，我一看就連那字似乎也認識了，我說：「這唸剪刀，這唸房子。」

他說不對：「這唸剪，這唸房。」我拿過來一細看，果然都是一個字，而不

是兩個字，我是照著圖唸的，所以錯了。

我也有一盒方字塊，這邊是圖，那邊是字，我也拿出來給他看了。

從此整天的玩。祖母病重與否，我不知道。不過，她在臨死的前幾天就穿上了滿身的新衣裳，好像要出門做客似的。說是怕死了來不及穿衣裳。

因為祖母病重，家裡熱鬧得很，來了很多親戚。忙忙碌碌不知忙些個什麼？

有的拿了些白布撕著，撕著一條一塊的，撕得非常的響亮，旁邊就有人拿著針在縫那白布。還有的把一個小罐，裡邊裝了米，罐口蒙上了紅布。還有的在後園門口攏起火來，在鐵火勺裡邊炸著麵餅了。問她：「這是什麼？」

口攏起火來，在鐵火勺裡邊炸著麵餅了。問她：「這是什麼？」

「這是打狗餑餑。」她說陰間有十八關，過到狗關的時候，狗就上來咬人，用這餑餑一打，狗吃了餑餑就不咬人了。

似乎是姑妄言之、姑妄聽之，我沒有聽進去。

家裡邊的人越多，我就越寂寞，走到屋裡，問問這個，問問那個，一切都不理解。祖父也似乎把我忘記了，我從後園裡捉了一個特別大的螞蚱送給他去看，他連看也沒有看，就說：「真好，真好，上後園去玩去吧！」

新來的蘭哥也不陪我時，我就在後園裡一個人玩。

5.

祖母已經死了，人們都到龍王廟上去報過廟回來了。

而我還在後園裡邊玩著。

後園裡邊下了點雨，我想要進屋去拿草帽去，走到醬缸旁邊（我家的醬缸是放在後園裡的），一看，有雨點拍拍的落到缸帽子上。我想這缸帽子該多大，遮起雨來，比草帽一定更好。

於是我就從缸上把它翻下來了，到了地上它還亂滾一陣，這時候，雨就大了。

我好不容易才設法鑽進這缸帽子去。因為這缸帽子太大了，差不多和我一般高。

我頂著它，走了幾步，覺得天昏地暗。而且重也是很重的，非常吃力。而且自己已經走到哪裡了，自己也不曉，只曉得頭頂上拍拍拉拉的打著雨點，往腳下看著，腳下只是些狗尾草和韭菜。找了一個韭菜很厚的地方，我就坐下了，一坐下這缸帽子就和個小房似的扣著我。

這比站著好得多，頭頂不必頂著，帽子就扣在韭菜地上。但是裡邊可是黑極了，什麼是看不見。同時聽什麼聲音，也覺得都遠了。大樹在風雨裡邊被吹得鳴鳴的，好像大樹已經被搬到別人家的院子去似的。

韭菜是種在北牆根上，我是坐在韭菜上。北牆根離家裡的房子很遠的，家裡邊那鬧嚷嚷的聲音，也像是來在遠方。我細聽了一會，聽不出什麼來，還是在我自己的小屋裡邊坐著。這小屋這麼好，不怕風，不怕雨。站起來走的時候，頂著屋蓋就走了，有多麼輕快。

其實是很重的了，頂起來非常吃力。

我頂著缸帽子，一路摸索著，來到了後門口，我是要頂給爺爺看看的。

我家的後門檻特別高，邁也邁不過去，因為缸帽子太大，使我抬不起腿來。好不容易兩手把腿拉著，弄了半天，總算是過去了。雖然進了屋，仍是不知道祖父在什麼方向，於是我就大喊，正在這喊之間，父親一腳把我踢翻了，差點沒把我踢到灶口的火堆上去。缸帽子也在地上滾著。

等人家把我抱了起來，我一看，屋子裡的人，完全不對了，都穿了白衣裳。

再一看，祖母不是睡在炕上，而是睡在一張長板上。

6.

從這以後祖母就死了。

祖母一死，家裡繼續著來了許多親戚，有的拿著香、紙，到靈前哭了一陣就回去了。有的就帶著大包小包的來了就住下了。

大門前邊吹著喇叭，院子裡搭了靈棚，哭聲終日，一鬧鬧了不知多少日子。

請了和尚道士來，一鬧鬧到半夜，所來的都是吃、喝、說、笑。

我也覺得好玩，所以就特別高興起來。又加上從前我沒有小同伴，而現在有了：比我大的，比我小的，共有四五個。我們上樹爬牆，幾乎連房頂也要上去了。

他們帶我到小門洞子頂上去捉鴿子，搬了梯子到房檐頭上去捉家雀。後花園雖然大，已經裝不下我了。

我跟著他們到井口邊去往井裡邊看，那井是多麼深，我從未見過。在上邊喊一聲，裡邊有人回答，用一個小石子投下去，那響聲是很深遠的。

他們帶我到糧食房子去，到碾磨房去，有時候竟把我帶到街上，是已經離開家了，不跟著家人在一起，我是從來沒有走過這樣遠。

不料除了後園之外，還有更大的地方，我站在街上，不是看什麼熱鬧，不是看那街上的行人車馬，而是心裡邊想：是不是我將來一個人也可以走得很遠？

有一天，他們把我帶到南河沿上去了，南河沿離我家本不算遠，也不過半里多地，可是因為我是第一次去，覺得實在很遠，走出汗來了。走過一個黃土坑，又過一個南大營，南大營的門口，有兵把守門。那營房的院子大得在我看來太太了，實在是不應該。

我們的院子就夠大的了，怎麼能比我們家的院子更大呢？大得有點不大好看了，我走過了，我還回過頭來看。

路上有一家人家，把花盆擺到牆頭上來了，我覺得這也不大好，若是看不見人家偷去呢！還看見了一座小洋房，比我們家的房不知好了多少倍。若問我，哪裡好？我也說不出來，就覺得那房子是一色新，不像我家的房子那麼陳舊。

我僅僅走了半里多路，我所看見的可太多了，所以覺得這南河沿實在遠。問他們：「到了沒有？」

他們說：「就到的，就到的。」

果然，轉過了大營房的牆角，就看見河水了。我第一次看見河水，我不能曉得這河水是從什麼地方來的？走了幾年了？

那河太大了，等我走到河邊上，抓了一把沙子拋下去，那河水簡直沒有因此而髒了一點點。河上有船，但是不很多，有的往東去了，有的往西去了。也有的划到河的對岸去的，河的對岸似乎沒有人家，而是一片柳條林。再往遠看，就不能知道那是什麼地方了，因為也沒有人家，也沒有房子，也不見道路，也聽不見一點音響。

我想，將來是不是我也可以到那沒有人的地方去看一看？

除了我家的後園，還有街道。除了街道，還有大河，還有柳條林。除了柳條林，還有更遠的，什麼也沒有的地方，什麼也看不見的地方，什麼聲音也聽不見的地方。究竟除了這些，還有什麼，我越想越不知道了。

就不用說這些我未曾見過的。但說那營房的院子就比我家的大，我家的花盆是擺在後園的，人家的花盆就擺到牆頭上來了。

可見我不知道的一定還有。所以祖母死了，我竟聰明了。

7.

祖母死了，我就跟祖父學詩。因為祖父的屋子空著，我就鬧著一定要睡在祖父那屋。早晨唸詩，晚上唸詩，半夜醒了也是唸詩。唸了一陣，唸睏了再睡去。

祖父教我的有《千家詩》，並沒有課本，全憑口頭傳誦，祖父唸一句，我就唸一句。

祖父說：「少小離家老大回……」

我也說：「少小離家老大回……」

都是些什麼字，什麼意思，我不知道，只覺得唸起來那聲音很好聽。所以很高興的跟著喊。我一唸起詩來，我家的五間房都可以聽見，祖父怕我喊壞了喉嚨，常常警告著我說：「房蓋被妳抬走了。」

聽了這笑話，我略微笑了一會工夫，過不了多久，就又喊起來了。

夜裡也是照樣的喊，母親嚇唬我，說再喊她要打我。

祖父也說：「沒有妳這樣唸詩的，妳這不叫唸詩，妳這叫亂叫。」

但我覺得這亂叫的習慣不能改，若不讓我叫，我唸它幹什麼？

每當祖父教我一個新詩，一開頭我若聽了不好聽，我就說：「不學這個。」

祖父於是就換一個，換一個不好，我還是不要。

「春眠不覺曉，處處聞啼鳥。

夜來風雨聲，花落知多少？」

這一首詩，我很喜歡，我一唸到第二句「處處聞啼鳥」，那處處兩字，我就高興起來了，覺得這首詩，實在是好，真好聽，「處處」該多好聽。

還有一首我更喜歡的：

「重重疊疊上樓台，幾度呼童掃不開。

剛被太陽收拾去，又為明月送將來。」

就這「幾度呼童掃不開」，我根本不知道什麼意思，就唸成西瀝忽通掃不開。

越唸越覺得好聽，越唸越有趣味。

還當客人來了，祖父總是呼我唸詩的，我就總喜唸這一首。

那客人不知聽懂了與否，只是點頭說好。

8.

就這樣瞎唸，到底不是久計，唸了幾十首之後，祖父開講了。

「少小離家老大回，鄉音無改鬢毛衰。」

祖父說：「這是說小的時候離開了家到外邊去，老了回來了。鄉音無改鬢毛衰，這是說家鄉的口音還沒有改變，鬍子可白了。」

我問祖父：「為什麼小的時候離家？離家到哪裡去？」

祖父說：「好比像妳那麼大離家，現在老了回來了，誰還認識呢？兒童相見不相識，笑問客從何處來。小孩子見了就招呼著說：你這個白鬍老頭，是從哪裡來的？」

我一聽覺得不大好，趕快就問祖父：「我也要離家的嗎？等我鬍子白了回來，爺爺你也不認識我了嗎？」心裡很恐懼。

祖父一聽就笑了：「等妳老了，還有爺爺嗎？」

祖父說完了，看我還是不很高興，他又趕快說：「妳不離家的，妳哪裡能夠離家⋯⋯快再唸一首詩吧！唸春眠不覺曉⋯⋯」

我一唸起「春眠不覺曉」來，又是滿口的大叫，得意極了。完全高興，什麼都忘了。但從此再讀新詩，一定要先講的，沒有講過的也要重講。似乎那大嚷大叫的習慣稍稍好了一點。

「兩個黃鸝鳴翠柳，一行白鷺上青天。」

這首詩本來我也很喜歡的，黃梨是很好吃的。經祖父這一講，說是兩個鳥，於是不喜歡了。

「去年今日此門中，人面桃花相映紅。

人面不知何處去，桃花依舊笑春風。」

這首詩祖父講了我也不明白，但是我喜歡這首，因為其中有桃花。桃樹一開了花不就結桃嗎？桃子不是好吃嗎？所以每唸完這首詩，我就接著問祖父：「今年咱們的櫻桃樹花開不開花？」

9.

除了唸詩之外，還很喜歡吃。

記得大門洞子東邊那家是養豬的，一個大豬在前邊走，一群小豬跟在後邊。

有一天一個小豬掉井了，人們用抬土的筐子把小豬從井吊了上來。吊上來，那小豬早已死了。井口旁邊圍了很多人看熱鬧，祖父和我也在旁邊看熱鬧。

那小豬一被打上來，祖父就說他要那小豬。祖父把那小豬抱到家裡，用黃泥裹起來，放在灶坑裡燒上了，燒好了給我吃。我站在炕沿旁邊，那整個的小豬，就擺在我的眼前，祖父把那小豬一撕開，立刻就冒了油，真香，我從來沒有吃過那麼香的東西，從來沒有吃過那麼好吃的東西。

第二天，又有一隻鴨子掉井了，祖父也用黃泥包起來，燒上給我吃了。

在祖父燒的時候，我也幫著忙，幫著祖父攪黃泥，一邊喊著，一邊叫著，好像啦啦隊似的給祖父助興。

鴨子比小豬更好吃，那肉是不怎樣肥的。所以我最喜歡吃鴨子。

我吃，祖父在旁邊看著，祖父不吃。等我吃完了，祖父才吃。他說我的牙齒小，怕我咬不動，先讓我選嫩的吃，我吃剩了的他才吃。

祖父看我每嚥下去一口，他就點一下頭。而且高興得說：「這小東西真饞。」

或是：「這小東西吃得真快。」

我的手滿是油，隨吃隨在大襟上擦著，祖父看了也並不生氣，只是說：「快沾點鹽吧，快沾點韭菜花吧，空口吃不好，等會要反胃的……」說著就捏幾個鹽粒放在我手上拿著的鴨子肉上。

我一張嘴又進肚去了。祖父越稱讚我能吃，我越吃得多。祖父看看不好了，怕我吃多了，讓我停下，我才停下來。我明明白白的是吃不下去了，可是我嘴裡還說著：「一個鴨子還不夠呢！」

自此吃鴨子的印象非常之深，等了好久，鴨子再不掉到井裡，我看井沿有一群鴨子。我拿了秫稈就往井裡邊趕，可是鴨子不進去，圍著井口轉，而呱呱的叫著。我就招呼了在旁邊看熱鬧的小孩子，我說：「幫我趕哪！」

正在吵吵叫叫的時候，祖父奔到了，祖父說：「妳在幹什麼？」

我說：「趕鴨子，鴨子掉井，撈出來好燒吃。」

祖父說：「不用趕了，爺爺抓個鴨子給妳燒著。」

我不聽他的話，我還是追在鴨子的後邊跑著。祖父上前來把我攔住了，抱在懷裡，一面給我擦著汗一面說：「跟爺爺回家，抓個鴨子燒上。」

我想，不掉井的鴨子，抓都抓不住，可怎麼能規規矩矩貼起黃泥來讓燒呢？

於是我從祖父的身上往下掙扎著，喊著：「我要掉井的，我要掉井的！」

祖父幾乎抱不住我了。

第4章

他們不知道光明在哪裡，可是他們實實在在的感得到寒
涼就在他們的身上，他們想擊退了寒涼，因此而來了悲
哀。逆來的，順受了。順來的事情，卻一輩子也沒有。

1.

一到了夏天，蒿草長沒大人的腰了，長沒我的頭頂了，黃狗進去，連個影也看不見了。夜裡一颳起風來，蒿草就刷啦刷啦的響著，因為滿院子都是蒿草，所以那響聲就特別大，成群結隊的就響起來了。

下了雨，那蒿草的梢上都冒著煙，雨本來下得不很大，若一看那蒿草，好像那雨下得特別大似的。

下了毛毛雨，那蒿草上就瀰漫得朦朦朧朧的，像是已經來了大霧，或者像是要變天了，好像是下了霜的早晨，混混沌沌的，在蒸騰著白煙。

颶風和下雨，這院子是很荒涼的了。就是晴天，多大的太陽照在上空，這院子也一樣是荒涼的。沒有什麼顯眼耀目的裝飾，沒有人工設置過的一點痕跡，什麼都是任其自然，願意東，就東，願意西，就西。若是純然能夠做到這樣，倒也保存了原始的風景。但不對的，這算什麼風景呢？東邊堆著一堆朽木頭，西邊扔

著一片亂柴火，左門旁排著一大片舊磚頭，右門邊曬著一片沙泥土。

沙泥土是廚子拿來搭爐灶的，搭好了爐灶的泥土就扔在門邊了。若問他還有什麼用處？我想他也不知道，不過忘了就是了。

至於那磚頭可不知道是幹什麼的，已經放了很久了，風吹日曬，下了雨被雨澆。反正磚頭是不怕雨的，澆澆又礙什麼事？那麼就澆著去吧，沒人管它。其實也正不必管它，湊巧爐灶或是炕洞子壞了，那就用得著它了。就在眼前，伸手就來，用著多麼方便。

但是爐灶就總不常壞，炕洞子修得也比較結實。不知哪裡找的這樣好的工人，一修上炕洞子就是一年，頭一年八月修上，不到第二年八月是不壞的，就是到了第二年八月，也得泥水匠來，磚瓦匠來用鐵刀一塊一塊的把磚砍著搬下來。所以那門前的一堆磚頭似乎是一年也沒有多大的用處，三年兩年的還是在那裡擺著。

大概總是越擺越少，東家拿去一塊墊花盆，西家搬去一塊又是做什麼。不然若是越擺越多，那可就糟了，豈不是慢慢的會把房門封起來的嗎？

其實門前的那磚頭是越來越少的。不用人工，任其自然，過了三年兩載也就沒有了。可是目前還是有的。就和那堆泥土同時在曬著太陽，它陪伴著它，它陪

伴著它。

除了這個，還有打碎了的大缸扔在牆邊上，大缸旁邊還有一個破了口的罈子陪著它蹲在那裡。罈子底上沒有什麼，只積了半罈雨水，用手攀著罈子邊一搖動，那水裡邊有很多活物，會上下的跑，似魚非魚，似蟲非蟲，我不認識。

再看那勉強站著的，幾乎是站不住了的已經被打碎了的大缸，那缸裡邊可是什麼也沒有。其實不能夠說那是「裡邊」，本來這缸已經破了肚子，談不到什麼「裡邊」「外邊」了，就簡稱那是「缸碴」吧！在這缸碴上什麼也沒有，光滑可愛，用手一拍還會發響。小的時候就總喜歡到旁邊去搬一搬，一搬就不得了了，在這缸碴的下邊有無數的潮蟲，嚇得趕快就跑。跑得很遠的站在那裡回頭看看，看了一回，那潮蟲亂跑一陣又回到那缸碴的下邊去了。

這缸碴為什麼不扔掉呢？大概就是專養潮蟲。

和這缸碴相對著，還扣著一個豬槽子，那豬槽子已經腐朽了，不知扣了多少年了。槽子底上長了不少蘑菇，黑深深的，那是些小蘑，看樣子，大概吃不得，不知長著做什麼？靠著槽子的旁邊就睡著一柄生鏽的鐵犁頭。

說也奇怪，我家裡的東西都是成對的，成雙的，沒有單個的。

2.

磚頭曬太陽，就有泥土來陪著。有破罈子，就有破大缸。有豬槽子就有犁頭，像是它們都配了對，結了婚，而且各自都有新生命送到世界上來。比方缸子裡的似魚非魚，大缸下邊的潮蟲，豬槽子上的蘑菇等等。

不知為什麼，這鐵犁頭，卻看不出什麼新生命來，而是全體腐爛下去了。什麼也不生，什麼也不長，全體黃澄澄的。用手一觸就往下掉末，雖然它本質是鐵的，但淪落到今天，就完全像黃泥做的了，就像要爛了的樣子。比起它的同伴那木槽子來，真是遠差千里，慚愧慚愧。這犁頭假若是人的話，一定要流淚大哭：

「我的體質比你們都好哇。怎麼今天衰弱到這個樣子？」

它不但它自己衰弱、發黃，一下了雨，它那滿身的黃色的色素，還跟著雨水流到別人的身上去。那豬槽子的半邊已經被染黃了。

那黃色的水流，還一直流得很遠，是凡它所經過的那條土地，都被它染得焦黃。

我家是荒涼的。

一進大門，靠著大門洞子的東壁是三間破房子，靠著大門洞子的西壁仍是三間破房子。

再加上一個大門洞，看起來似乎是很威武的，外表上似乎是七間連著串，房子都很高大，架著很粗的木頭的房架。大花是很粗的，一個小孩抱不過來。都一律是瓦房蓋，房脊上還有透籠的用瓦做的花，迎著太陽看去，是很好看的，房脊的兩梢上，一邊有一個鴿子，大概也是瓦做的，終年不動，停在那裡。這房子的外表，似乎不壞。但我看它內容空虛。

西邊的三間，自家用裝糧食的，糧食沒有多少，耗子可是成群了。糧食倉子底下讓耗子咬出洞來，耗子的全家在吃著糧食。耗子在下邊吃，麻雀在上邊吃，全屋都是土腥氣。窗子壞了，用板釘起來，門也壞了，每一開就顫抖抖的。

靠著門洞子西壁的三間房，是租給一家養豬的。那屋裡屋外沒有別的，都是豬了。大豬小豬，豬槽子，豬糧食。來往的人也都是豬販子，連房子帶人，都弄得氣味非常之壞。說來那家也並沒有養了多少豬，也不過十個八個的。每當黃昏的時候，那叫豬的聲音遠近得聞。打著豬槽子，敲著圈棚，叫了幾聲，停了一停。

聲音有高有低，在黃昏的莊嚴的空氣裡好像是說他家的生活是非常寂寞的。

除了這一連串的七間房子之外，還有六間破房子，三間破草房，三間碾磨房。

三間碾磨房一起租給那家養豬的了，因為它靠近那家養豬的。

三間破草房是在院子的西南角上，這房子它單獨的跑得那麼遠，孤伶伶的、

毛頭毛腳的、歪歪斜斜的站在那裡。

房頂的草上長著青苔，遠看去，一片綠，很是好看。下了雨，房頂上就出蘑

菇，人們就上房採蘑菇，就好像上山去採蘑菇一樣，一採採了很多。

這樣出蘑菇的房頂實在是很少有，我家的房子共有三十來間，其餘的都不會

出蘑菇，所以住在那房裡的人一提著筐子上房去採蘑菇，全院子的人沒有不羨慕

的，都說：「這蘑菇是新鮮的，可不比那乾蘑菇，若是殺一個小雞炒上，那真好

吃極了。」

「蘑菇炒豆腐，噯，真鮮！」

「雨後的蘑菇嫩過了仔雞。」

「蘑菇炒雞，吃蘑菇而不吃雞。」

「蘑菇下麵，吃湯而忘了麵。」

「吃了這蘑菇，不忘了姓才怪的。」

「清蒸蘑菇加薑絲，能吃八碗小米子乾飯。」

「你不要小看了這蘑菇，這是意外之財！」

同院住的那些羨慕的人，都恨自己為什麼不住在那草房裡。天下哪有這樣的好事，租房子還帶

子連蘑菇都一起租來了，就非租那房子不可。若早知道租了房

蘑菇的？於是感慨唏噓，相嘆不已。

再說站在房間上正在採著的，在多少隻眼目之中，真是一種光榮的工作。於

是也就慢慢的採，本來一袋煙的工夫就可以採完，但是要延長到半頓飯的工夫。

同時故意選了幾個大的，從房頂上驕傲的拋下來，同時說：「你們看吧，你們見

過這樣乾淨的蘑菇嗎？錯了，是這個房頂，哪個房頂能夠長出這樣的好蘑菇來？」

那在下面的，根本看不清房頂到底那蘑菇全部多大，以為一律是這樣大的，

於是就更增加了無限的驚異。趕快彎下腰去拾起來，拿到家裡，晚飯的時候，賣

豆腐的來，破費二百錢撿點豆腐，把蘑菇燒上。

可是，那在房頂上的因為驕傲，忘記了那房頂有許多地方是不結實的，已經

露了洞了，一不加小心就把腳掉下去了，把腳往外一拔，腳上的鞋子不見了。

鞋子從房頂落下去，一直就落在鍋裡，鍋裡正是翻開的滾水，鞋子就在滾水

裡邊煮上了。鍋邊漏粉的人越看越有意思，越覺得好玩，那一隻鞋子在開水裡滾

著、翻著，還從鞋底上滾下一些泥漿來，弄得漏下去的粉條都黃忽忽的了。可是

他們還不把鞋子從鍋拿出來，他們說，反正這粉條是賣的，也不是自己吃。

這房頂雖然產蘑菇，但是不能夠避雨，一下起雨來，全屋就像小水罐似的。

摸摸這個是濕的，摸摸那個是濕的。好在這裡邊住的都是些個粗人。

有一個歪鼻瞪眼的名叫「鐵子」的孩子，他整天手裡拿著一柄鐵鍬，在一個

長槽子裡邊往下切著，切些個什麼呢？初到這屋子裡來的人是看不清的，因為熱

氣騰騰的這屋裡，不知都在做些個什麼。細一看，才能看出來他切的是馬鈴薯。

槽子裡都是馬鈴薯。

這草房是租給一家開粉房的。漏粉的人都是些粗人，沒有好鞋襪，沒有好行

李，一個一個的和小豬差不多，住在這房子裡邊是很相當的，好房子讓他們一住

也怕是住壞了，何況每一下雨還有蘑菇吃？

這粉房裡的人吃蘑菇，總是蘑菇和粉配在一道，蘑菇炒粉，蘑菇燉粉，蘑菇

煮粉。沒湯的叫做「炒」，有湯的叫做「煮」，湯少一點的叫做「燉」。他們做

好了，常常還端著一碗來送給祖父。等那歪鼻瞪眼的孩子一走了，祖父就說：「這

吃不得，若吃到有毒的就吃死了。」

但那粉房裡的人，從來沒吃死過，天天裡邊唱著歌，漏著粉。

粉房的門前搭了幾丈高的架子，亮晶晶的白粉，好像瀑布似的掛在上邊。他們一邊掛著粉，也是一邊唱著的。等粉條曬乾了，他們一邊收著粉，也是一邊的唱著。那唱不是從工作所得到的愉快，好像含著眼淚在笑似的。

逆來順受，你說我的生命可惜，我自己卻不在乎。你看著很危險，我卻自己以爲得意。不得意怎麼樣？人生是否苦多樂少？那粉房裡的歌聲，就像一朵紅花開在了牆頭上，越鮮明，就越覺得荒涼。

正月十五正月正，家家戶戶掛紅燈。

人家的丈夫團圓聚，孟姜女的丈夫修長城。

只要是一個晴天，粉絲一掛起來了，這歌音就聽得見的。因爲那破草房是在西南角上，所以那聲音比較的遼遠。偶爾也有裝腔女人的音調在唱「五更天」。

那草房實在是不行了，每下一次大雨，那草房北頭就要多加一隻支柱，那支柱已經有七八隻之多了，但是房子還是天天的往北邊歪。越歪越厲害，我一看了就害怕，怕從那旁邊一過，恰好那房子倒了下來，壓在我身上。

那房子實在是不像樣子了，窗子本來是四方的，都歪斜得變成菱形的了。門也歪斜得關不上了。牆上的大柁就像要掉下來似的，向一邊跳出來了。房脊上的正樑一天一天的往北走，已經拔了榫，脫離別人的牽掣，而它自己單獨行動起來了。那些釘在房脊上的椽桿子，能夠跟著它跑的，就跟著它一順水的往北邊跑下去了；不能夠跟著它跑的，就掙斷了釘子，而垂下頭來，向著粉房裡的人們的頭垂下來，因為另一頭是壓在檐外，所以不能夠掉下來，只是滴里郎當的垂著。

我一定進粉房去，想要看一看漏粉到底是怎麼漏法。但是不敢細看，我很怕那椽子頭掉下來打了我。

一颳起風來，這房子就嗄嗄的山響，大柁響，馬樑響，門框、窗框響。

一下了雨，又是嗄嗄的響。

不颳風，不下雨，夜裡也是會響的，因為夜深人靜了，萬物齊鳴，何況這本來就會響的房子，哪能不響呢？

以它響得最厲害。別的東西的響，是因為傾心去聽它，就是聽得到的，也是極幽渺的，不十分可靠的。也許是因為一個人的耳鳴而引起來的錯覺，比方貓、狗、蟲子之類的響叫，那是因為牠們是生物的緣故。

可曾有人聽過夜裡房子會叫的？誰家的房子會叫，叫得好像個活物似的，嚓嚓的，帶著無限的重量，往往會把睡在這房子裡的人叫醒。

被叫醒了的人，翻了一個身說：「房子又走了。」

真是活神活現，聽他說了這話，好像房子要搬了場似的。

房子都要搬場了，為什麼睡在裡邊的人還不起來，他是不起來的，他翻了個身又睡了。住在這裡邊的人，對於房子就要倒的這回事，毫不加戒心，好像他們已經有了血族的關係，是非常信靠的。

似乎這房子一旦一倒了，也不會壓到他們，就像是壓不死的，也不會壓死的，絕對的沒有生命的危險。這些人的過度的自信，不知從哪裡來的？也許住在那房子裡邊的人都是用鐵鑄的，而不是肉長的。再不然就是他們都是敢死隊，生命置之度外了。若不然為什麼這麼勇敢，生死不怕？

若說他們是生死不怕，那也是不對的，比方那曬粉條的人，從桿子上往下摘粉條的時候，那桿子掉下來了，就嚇他一哆嗦。粉條打碎了，他還沒有敲打著。

他把粉條收起來，他還看著那桿子，他思索起來，他說：「莫不是……」

他越想越奇怪，怎麼粉打碎了，而人沒打著呢？他把那桿子扶了上去，遠遠

據同院住的周家的兩位少年紳士說：「這房子對於他們那等粗人，就再合適

據粉房裡的那個歪鼻瞪眼的孩子說：「這是住房子啊，也不是娶媳婦要她周

據賣饅頭的老趙頭說：「他們要的就是這個要倒的麼！」

那麼這房子既然要塌了，他們為什麼不怕呢？

戰戰兢兢的活在這世界上。

這證明住在這嚓嚓響著的草房裡的他們，也是很膽小的，也和一般人一樣是

下雨打雷的時候，他就把燈滅了，他們說雷撲火，怕雷劈著。

他們過河的時候，拋兩個銅板到河裡去，傳說河是饞的，常常淹死人的，把

銅板一擺到河裡，河神高興了，就不會把他們淹死了。

了很多日才算把這回事忘了。

本來那桿子還沒有房椽子那麼粗，可是他一看見，他就害怕，每次他再曬粉

條的時候，他都是躲著那桿子，連在它旁邊走也不敢走。總是用眼睛溜著它，過

他覺得萬幸萬幸，下回該加小心。

「唉呀！這要是落到頭上呢？」那真是不堪想像了。於是他摸著自己的頭頂，

的站在那裡看著，用眼睛捉摸著，越捉摸越覺得可怕。

周正正。」

也沒有了。」

據我家的有二伯說：「是他們貪圖便宜，好房子呼蘭城裡有的多，為啥他們不搬家呢？好房子人家要房錢的呀，不像是咱們家這房子，一年送來十斤二十斤的乾粉就完事，等於白住。你二伯是沒有家眷，若不我也找這樣房子去住。」

有二伯說的也許有點對。祖父早就想拆了那座房子的，是因為他們幾次的全體挽留才留下來的。至於這個房子將來倒與不倒，或是發生什麼幸與不幸，大家都以為這太遠了，不必想了。

3.

我家的院子是很荒涼的。

那邊住著幾個漏粉的，那邊住著幾個養豬的。養豬的那廂房裡還住著一個拉磨的。那拉磨的，夜裡打著梆子通夜的打。

養豬的那一家有幾個閑散雜人，常常聚在一起唱著秦腔，拉著胡琴。

西南角上那漏粉的則歡喜在晴天裡邊唱一個「嘆五更」。

他們雖然是拉胡琴、打梆子、嘆五更，但是並不是繁華的，並不是一往直前的，並不是他們看見了光明，或是希望著光明，這些都不是的。

他們看不見什麼是光明的，甚至於根本也不知道，就像太陽照在瞎子的頭上了，瞎子也看不見太陽，但瞎子卻感到實在是溫暖了。

他們就是這類人，他們不知道光明在哪裡，可是他們實實在在的感得到寒涼就在他們的身上，他們想擊退了寒涼，因此而來了悲哀。他們被父母生下來，沒有什麼希望，只希望吃飽了，穿暖了。但也吃不飽，也穿不暖。

逆來的，順受了。順來的事情，卻一輩子也沒有。

4.

磨房裡那打梆子的，夜裡常常是越打越響，他越打得激烈，人們越說那聲音淒涼。因為他單單的響音，沒有同調。

我家的院子是很荒涼的。

粉房旁邊的那小偏房裡，還住著一家趕車的，那家喜歡跳大神，常常就打起鼓來，喝喝咧咧唱起來了。鼓聲往往打到半夜才止，那說仙道鬼的，大神和二神的一對一答。蒼涼，幽渺，真不知今世何世。

那家的老太太終年生病，跳大神都是為她跳的。

那家是這院子頂豐富的一家，老少三輩。家風是乾淨俐落，為人謹愼，絕對不像那粉房和那磨房，說唱就唱，說哭就哭。他家永久是安安靜靜的，跳大神不算。

那終年生病的老太太是祖母，她有兩個兒子，大兒子是趕車的，二兒子也是趕車的。一個兒子都有一個媳婦。大兒媳婦胖胖的，年已五十了。二兒媳婦瘦瘦的，年已四十了。

除了這些，老太太還有兩個孫兒。大孫兒是二兒子的，二孫兒是大兒子的。

因此她家裡稍稍有點不睦，那兩個媳婦妯娌之間，稍稍有點不合適，不過也不很明朗化，只是你我之間各自曉得。做嫂子的總覺得兄弟媳婦對她有些不馴，或者就因為她的兒子大的緣故吧。兄弟媳婦就總覺得嫂子是想壓她，憑什麼想壓人呢？

自己的兒子小，沒有媳婦指使著，看了別人還眼氣。

老太太有了兩個兒子，兩個孫子，認爲十分滿意了。人手整齊，將來的家業，還不會興旺的嗎？就不用說別的，就說趕大車這把力氣也是夠用的。看看誰家的車上是爺四個，拿鞭子的，坐在車後尾巴上的都是姓胡，沒有外姓。在家一盆火，出外父子兵。所以老太太雖然是終年病著，但很樂觀，也就是跳一跳大神什麼的，解一解心疑也就算了。她覺得就是死了，也是心安意得的了，何況還活著，還能夠看得見兒子們的忙忙碌碌？

媳婦們對於她也很好的，總是隔長不短的張羅著給她花幾個錢跳一跳大神。

每一次跳神的時候，老太太總是坐在炕裡，靠著枕頭，掙扎著坐了起來，向那些來看熱鬧的姑娘、媳婦們講：「這回是我大媳婦給我張羅的。」或是：「這回是我二媳婦給我張羅的。」

她說的時候非常得意，說著說著就坐不住了。她患的是癱病，就趕快招媳婦們來把她放下了。放下了還要喘一袋煙的工夫。

看熱鬧的人，沒有一個不說老太太慈祥的，沒有一個不說媳婦孝順的。

所以每一跳大神，遠遠近近的人都來了，東院西院的，還有前街後街的也都

來了。只是不能夠預先訂座，來得早的就有凳子、炕沿坐；來得晚的，就得站著了。

一時這胡家的孝順，居於領導的地位，風傳一時，成為婦女們的楷模。

不但婦女，就是男人也得說：「老胡家人旺，將來財也必旺。」

「天時、地利、人和，最要緊的還是人和。人和了，天時不好也好了，地利不利也利了。」

「將來看著吧，今天人家趕大車的，再過五年看，不是二等戶，也是三等戶。」

我家的有二伯說：「你看著吧，過不了幾年人家就驟馬成群了。別看如今人家就一輛車。」

他家的大兒媳婦和二兒媳婦的不睦，雖然沒有新的發展，可也總沒有消滅。

大孫子媳婦通紅的臉，又能幹，又溫順，人長得不肥不瘦，不高不矮，說起話來，聲音不大不小，正合適配到他們這樣的人家。車回來了，牽著馬就到井邊去飲水。車馬一出去了，就餵草。看她那長樣可並不是做這類粗活人，可是做起事來並不弱於人，比起男人來，也差不了許多。

放下了外邊的事情不做。再說屋裡的，也樣樣拿得起來，剪、裁、縫、補，做哪樣像哪樣。他家裡雖然沒有什麼綾、羅、綢、緞可做的，就說粗布衣也要做個四六見線，平平板板。一到過年的時候，無管怎樣忙，也要偷空給奶奶婆婆、自己的婆婆、大娘婆婆，各人做一雙花鞋。雖然沒有什麼好的鞋面，就說青水布的，也要做個精緻。雖然沒有絲線，就用棉花線，但那顏色卻配得水冷冷的新鮮。

奶奶婆婆的那雙繡的是桃紅的大瓣蓮花，大娘婆婆的那雙繡的是牡丹花，婆婆的那雙繡的是素素雅雅的綠葉蘭。

這孫子媳婦回了娘家，娘家的人一問她婆家怎樣，她說都好都好，將來非發財不可。大伯公是怎樣的兢兢業業，公公是怎樣的吃苦耐勞；奶奶婆婆也好，大娘婆婆也好。凡是婆家的無一不好，完全順心，這樣的婆家實在難找。

雖然她的丈夫也打過她，但她說，哪個男人不打女人呢？於是也心滿意足的並不以爲那是缺陷了。

她把繡好的花鞋送給奶奶婆婆，她看她繡了那麼一手好花，她感到了對這孫子媳婦有無限的慚愧，覺得這樣一手好針線，每天讓她餵豬打狗的，眞是難爲了她。

奶奶婆婆把手伸出來，把那鞋接過來，眞是不知如何說好，只是輕輕的托

著那鞋，蒼白的臉孔，笑盈盈的點著頭。

這是這樣好的一個大孫子媳婦。二孫子還太小，

一時不能娶過來。

她家的兩個妯娌之間的磨擦，都是為了這沒有娶過來的媳婦。她自己的婆婆

的主張把她接過來，做團圓媳婦，嬸婆婆就不主張接來，說她太小不能幹活，只

能白吃飯，有什麼好處。爭執了許久，來與不來，還沒有決定。等下回給老太太

跳大神的時候，順便問一問大仙家再說吧。

5.

我家是荒涼的。

天還未明，雞先叫了，後邊磨房裡那梆子聲還沒有停止，天就發白了。天一

發白，烏鴉群就來了。

我睡在祖父旁邊，祖父一醒，我就讓祖父唸詩，祖父就唸：

「春眠不覺曉，處處聞啼鳥。夜來風雨聲，花落知多少？」

「春天睡覺不知不覺的就睡醒了，醒了一聽，處處有鳥叫著，回想昨夜的風雨，可不知道今早花落了多少？」是每唸必講的，這是我的約請。

祖父正在講著詩，我家的老廚子就起來了。

他咳嗽著，聽得出來，他擔著水桶到井邊去挑水去了。

井口離得我家的住房很遠，他搖著井繩嘩啦啦的響，日裡是聽不見的，可是在清晨，就聽得分外的清明。老廚子挑完了水，家裡還沒有人起來。

聽得見老廚子刷鍋的聲音刷啦啦的響。老廚子刷完了鍋，燒了一鍋洗臉水了，家裡還沒有人起來。

我和祖父唸詩，一直唸到太陽出來。

祖父說：「起來吧。」

「再唸一首。」

祖父說：「再唸一首可得起來了。」

於是再唸一首，一唸完了，我又賴起來不算了，說再唸一首。

每天早晨都是這樣糾纏不清的鬧。等一開了門，到院子去，院子裡邊已經是

萬道金光了，大太陽曬在頭上都滾熱的了。太陽兩丈高了。

祖父到雞架那裡去放雞，我也跟在那裡，祖父到鴨架那裡去放鴨，我也跟在後邊。我跟著祖父，大黃狗在後邊跟著我，我跳著，大黃狗搖著尾巴。

大黃狗的頭像盆那麼大，又胖又圓，我總想要當一匹小馬來騎牠。祖父說騎不得。但是大黃狗是喜歡我的，我是愛大黃狗的。

雞從架裡出來了，鴨子從架裡出來了，牠們抖擻著毛，一出來就連跑帶叫的，吵得聲音很大。祖父撒著通紅的高粱粒在地上，又撒了金黃的穀粒子在地上。於是雞啄食的聲音，咯咯的響成群了。

餵完了雞，往天空一看，太陽已經三丈高了。

我和祖父回到屋裡，擺上小桌，祖父吃一碗飯米湯，澆白糖，我則不吃，我要吃燒包米，祖父領著我，到後園去，淌著露水去到包米叢中為我擗一穗包米來。

擗來了包米，襪子、鞋，都溼了。

祖父讓老廚子把包米給我燒上，等包米燒好了。我已經吃了兩碗以上的飯米湯澆白糖了。包米拿來，我吃了一兩個粒，就說不好吃，因為我已吃飽了。於是我手裡拿燒包米就到院子去餵大黃去了。「大黃」就是大黃狗的名字。

街上，在牆頭外面，各種叫賣聲音都有了，賣豆腐的，賣饅頭的，賣青菜的。

賣青菜的喊著，茄子、黃瓜、莢豆和小蔥子。一挑喊著過去了，又來了一挑，

這一挑不喊茄子、黃瓜，而喊著芹菜、韭菜、白菜……

街上雖然熱鬧起來了，而我家裡則仍是靜悄悄的。

滿院子蒿草，草裡面叫著蟲子，破東西東一件西一樣的扔著。

看起來似乎是因為清早，我家才冷靜，其實不然的，是因為我家的房子多，

院子大，人少的緣故。哪怕就是到了正午，也仍是靜悄悄的。

每到秋天，在蒿草的當中，也往往開了蓼花，所以引來了不少的蜻蜓和蝴蝶

在那荒涼的一片蒿草上鬧著。這樣一來，不但不覺得繁華，反而顯得荒涼寂寞。

第5章

橋下有些冤魂枉鬼，每當陰天下雨，從那橋上經過的人，
往往聽到鬼哭的聲音。據說，那團圓媳婦的靈魂，也來
到了東大橋下。

1.

我玩的時候，除了在後花園裡，有祖父陪著，其餘的玩法，就只有我自己了。

我自己在房檐下搭了個小布棚，玩著玩著就睡在那布棚裡了。我家的窗子是可以摘下來的，摘下來直立著是立不住的，就靠著牆斜立著，正好立出一個小斜坡來，我稱這小斜坡叫「小屋」，我也常常睡到這小屋裡邊去了。

我家滿院子是蒿草，蒿草上飛著許多蜻蜓，那蜻蜓是為著紅蓼花而來的。可是我偏偏喜歡捉牠，捉累了就躺在蒿草裡邊睡著了。

蒿草裡邊長著一叢一叢的天星星，好像山葡萄似的，是很好吃的。我在蒿草裡邊搜索著吃，吃睏了，就睡在天星星秧子的旁邊了。蒿草是很厚的，我躺在上邊好像是我的褥子，蒿草是很高的，它給我遮著陰涼。

有一天，我就正在蒿草裡邊做著夢，那是下午晚飯之前，太陽偏西的時候。

大概我睡得不大著實，我似乎是聽到了什麼地方有不少的人講著話，說說笑笑，

似乎是很熱鬧。但到底發生了什麼事情，卻聽不清，只覺得在西南角上，或者是院裡，或者是院外。到底是院裡院外，那就不大清楚了，反正是有幾個人在一起嚷嚷著。我似睡非睡的聽了一會就又聽不見了。大概我已經睡著了。

等我睡醒了，回到屋裡去，老廚子第一個就告訴我：「老胡家的團圓媳婦來啦，妳還不知道，快吃了飯去看吧！」

老廚子今天特別忙，手裡端著一盤黃瓜菜往屋裡走，因為跟我指手畫腳的講話，差一點沒把菜碟子掉在地上，只把黃瓜絲打翻了。

我一走進祖父的屋去，只有祖父一個人坐在飯桌前面，桌子上邊的飯菜都擺好了，卻沒有人吃，母親和父親都沒有來吃飯，有二伯也沒有來吃飯。祖父一看見我，卻就問我：「那團圓媳婦好不好？」

大概祖父以為我是去看團圓媳婦回來的。我說我不知道，我在草棵裡邊吃天星星回來的。祖父說：「妳媽她們都去看團圓媳婦去了，就是那個跳大神的老胡家。」祖父說著就招呼老廚子，讓他把黃瓜菜快點拿來。

醋拌黃瓜絲，上邊澆著辣椒油，紅的紅，綠的綠，一定是老廚子又重切了一盤的，那盤我眼看著撒在地上了。祖父一看黃瓜菜也來了，祖父說：「快吃吧，

吃了飯好看團圓媳婦去。」

老廚子站在旁邊，用圍裙在擦著他滿臉的汗珠，他每一說話就乍巴眼睛，從嘴裡往外噴著唾沫星。他說：「那看團圓媳婦的人才多呢！糧米舖的二老婆，帶著孩子也去了。後院的小麻子也去了，西院老楊家也來了不少的人，都是從牆頭上跳過來的。」

他說他在井沿上打水看見的。

經他這一炫惑，我說：「爺爺，我不吃飯了，我要看團圓媳婦去。」

祖父一定讓我吃飯，他說吃了飯他帶我去。我急得一頓飯也沒有吃。我從來沒有看過團圓媳婦，我以為團圓媳婦不知道多麼好看呢！越想越覺得一定是很好看的，越著急也越覺得是非特別好看不可。不然，為什麼大家都去看呢？不然，為什麼母親也不回來吃飯呢？

為什麼母親也不回來吃飯呢？

越想越著急，一定是很好看的節目都看過。若現在就去，還多少看得見一點，若再去晚了，怕是就來不及了。我就催促著祖父。

「快吃，快吃，爺爺快吃吧。」

那老廚子還在旁邊亂講亂說，祖父間或問他一兩句。

我看那老廚子打攪祖父吃飯，我就不讓那老廚子說話。那老廚子不聽，還是笑嘻嘻的說，我就下地把老廚子硬推出去了。

祖父還沒有吃完，老周家的周三奶又來了，是她說她的公雞總是往我這邊跑，她是來捉公雞的。公雞已經捉到了，她還不走，她還趴著玻璃窗子跟祖父講話，

她說：「老胡家那小團圓媳婦來過，你老爺子還沒去看看嗎？那看的人才多呢，

我還沒去呢，吃了飯就去。」

祖父也說吃了飯就去，可是祖父的飯總也吃不完。一會要點辣椒油，一會要點鹹麵的。我看不但我著急，就是那老廚子也急得不得了了，頭上直冒著汗，眼睛直乍巴。

祖父一放下飯碗，連點一袋煙我也不讓他點，拉著他就往西南牆角那邊走。

一邊走，一邊心裡後悔，眼看著一些熱鬧的人都回來了，為什麼一定要等祖父呢？不會一個人早就跑著來嗎？何況又覺得我躺在草棵子裡就已經聽見這邊有了動靜了。真是越想越後悔，這事都鬧了一個下半天了，一定是好看的都過去了，一定是來晚了，白來了，什麼也看不見了，在草棵子聽到了這邊說笑，為什麼不就立刻跑來看呢？越想越後悔。自己和自己生氣，等到了老胡家的窗前，一聽，

果然連一點聲音也沒有了，差一點沒有氣哭了。

等真的進屋一看，全然不是那麼一回事，母親、周三奶奶，還有些個不認的人，都在那裡，與我想像的完全不一樣，沒有什麼好看的，團圓媳婦在哪兒，我也看不見，經人家指指點點的，我才看見了。

不是什麼媳婦，而是一個小姑娘。

我一看就沒有興趣了，拉著爺爺就向外邊走，說：「爺爺回家吧。」

等第二天早晨她出來倒洗臉水的時候，我看見她了。

她的頭髮又黑又長，梳著很大的辮子，普通姑娘們的辮子都是到腰間那麼長，而她的辮子竟快到膝間了。她臉長得黑忽忽的，笑呵呵的。

院子裡的人，看過老胡家的團圓媳婦之後，沒有什麼不滿意的地方。不過都說太大方了，不像個團圓媳婦了。

周三奶奶說：「見人一點也不知道羞。」

隔院的楊老太太說：「那才不怕羞呢！頭一天來到婆家，吃飯就吃三碗。」

周三奶奶又說：「喲喲！我可沒見過，別說還是一個團圓媳婦，就說一進門就姓了人家的姓，也得頭兩天看看人家的臉色。喲喲！那麼大的姑娘，她今年十幾

歲啦？」

「聽說十四歲麼！」

「十四歲會長得那麼高？一定是瞞歲數。」

「可別說呀！也有早長的。」

「可是他們家可怎麼睡呢？」

「可不是，老少三輩，就三舖小炕⋯⋯」

這是楊老太太扒在牆頭上和周三奶奶講的。

至於我家裡，母親說那團圓媳婦不像個團圓媳婦。

老廚子說：「沒見過，大模大樣的，兩個眼睛骨碌骨碌的轉。」

有二伯說：「介（這）年頭是啥年頭呢，團圓媳婦也不像個團圓媳婦了。」

只是祖父什麼也不說，我問祖父：「那團圓媳婦好不好？」

祖父說：「怪好的。」

於是我也覺得怪好的。

她天天牽馬到井邊上去飲水，我看見她好幾回，中間沒有什麼人介紹，她看

看我就笑了，我看看她也笑了。

我問她十幾歲，她說：「十二歲。」

我說不對。「妳十四歲的，人家都說妳十四歲。」

她說：「他們看我長得高，說十二歲怕人家笑話，讓我說十四歲的。」

我不知道，為什麼長得高還讓人家笑話，我問她：「妳到我們草棵子裡去玩好吧！」

她說：「我不去，他們不讓。」

2.

過了沒有幾天，那家就打起團圓媳婦來了，打得特別厲害，那叫聲無管多遠都可以聽得見的。

這全院子都是沒有小孩子的人家，從沒有聽到過誰家在哭叫。

鄰居左右因此又都議論起來，說早就該打的，哪有那樣的團圓媳婦一點也不害羞，坐到那兒坐得筆直，走起路來，走得風快。

她的婆婆在井邊上飲馬，和周三奶奶說：「給她一個下馬威。妳聽著吧，我回去我還得打她呢，這小團圓媳婦才厲害呢！沒見過，妳擰她大腿，她咬妳，再不然，她就說她要回家。」

從此以後，我家的院子裡，天天有哭聲，哭聲很大，一邊哭，一邊叫。

祖父到老胡家去說了幾回，讓他們不要打她了，說小孩子知道什麼，有點差錯教導教導也就行了。

後來越打越厲害了，不分晝夜，我睡到半夜醒來和祖父唸詩的時候，唸著唸著就聽到西南角上哭叫起來了。

我問祖父：「是不是那小團圓媳婦哭？」

祖父怕我害怕，說：「不是，院外的人家。」

我問祖父：「半夜哭什麼？」

祖父說：「別管那個，唸詩吧。」

清早醒了，正在唸「春眠不覺曉」的時候，那西南角的哭聲又來了。

一直哭了很久，到了冬天，這哭聲才算沒有了。

3.

雖然不哭了，那西南角上又夜夜跳起大神來，打著鼓，叮噹叮噹的響，大神唱一句，二神唱一句，因爲是夜裡，聽得特別清晰，一句半句的我都記住了。什麼「小靈花呀」，甚麼「胡家讓她去出馬呀」，差不多每天大神都唱些個這個。

早晨起來，我就模擬著唱：「小靈花呀，胡家讓她去出馬呀⋯⋯」

而且叮叮噹，叮叮噹的，用聲音模擬著打打鼓。

「小靈花」就是小姑娘，「胡家」就是胡仙，「胡仙」就是狐狸精，「出馬」

就是當跳大神的。大神差不多跳了一個冬天，把那小團圓媳婦就跳出毛病來了。

那小團圓媳婦，有點黃，沒有夏天她剛一來的時候，那麼黑了。不過還是笑呵呵的。祖父帶著我到那家去串門，那小團圓媳婦還過來給祖父裝了一袋煙。

她看見我，還是偷著笑，大概她怕她婆婆看見，所以沒和我說話。

她的辮子還是很大的。她的婆婆說她有病了，跳神給她趕鬼。

等祖父臨出來的時候，她的婆婆跟出來了，小聲跟祖父說：「這團圓媳婦，怕是要不好，是個胡仙旁邊的，胡仙要她去出馬……」

祖父想讓他們搬家。但呼蘭河這地方有個規矩，春天是二月搬家，秋天是八月搬家。一過了二八月就不是搬家的時候了。我們每當半夜讓跳神驚醒的時候，祖父就說：「明年二月就讓他們搬了。」

我聽祖父說了好幾次這樣的話。當我模擬著大神喝喝呼呼的唱著「小靈花」的時候，祖父也說那同樣的話，明年二月讓他們搬家。

4.

可是在這期間，院子裡的西南角上就越鬧越厲害，請一個大神，請好幾個二神，鼓聲連天的響。說那小團圓媳婦再去讓她出馬，她的命就難保了。所以請了不少的二神來，設法從大神那裡把她要回來。

於是許多人給他家出了主意，人哪能夠見死不救呢？於是凡有善心的人都幫

起忙來。他說他有一個偏方，她說她有一個邪令。

有的主張給她紮一個穀草人，到南大坑去燒了。有的主張到紮彩舖去紮一個紙人，叫做「替身」，把它燒了或者可以替她。

有人主張給她畫上花臉，把大神請到家裡，讓那大神看了，嫌她太醜，也許就不捉她當弟子了，就可以不必出馬了。

周三奶奶則主張給她吃一個全毛的雞，連毛帶腿的吃下去，選一個星星出全的夜，吃了用被子把人蒙起來，讓她出一身大汗。蒙到第二天早晨雞叫，再把她從被子裡放出來。她吃了雞，她又出了汗，她的魂靈裡邊因此就永遠有一個雞存在著，神鬼黃仙就都不敢上她的身了。傳說鬼是怕雞的。

據周三奶奶說，她的曾祖母就是被胡仙抓住過的，鬧了整整三年，差一點沒死，最後就是用這個方法給治好的，因此一生不再鬧別的病了。她半夜裡正做一個惡夢，她正嚇得要命，她魂靈裡邊的那個雞，就幫了她的忙，只叫了一聲，惡夢就醒了。她一輩子沒生過病，說也奇怪，就是到死，也死得不凡。她死那年已經是八十二歲了，八十二歲還能夠拿著花線繡花，正給她小孩子繡花兜肚嘴。繡著繡著，就有點睏了，她坐在木凳上，背靠著門扇就打一個盹。這一打盹就死了。

別人就問周三奶奶：「妳看見了嗎？」

她說：「可不是……你聽我說呀，死了三天三夜按都按不倒。後來沒有辦法，給她打著一口棺材也是坐著的，把她放在棺材裡，那臉色是紅撲撲的，還和活著的一樣……」

別人問她：「妳看見了嗎？」

她說：「喲喲！你這問的可怪，傳話傳話，一輩子誰能看見多少？不都是傳話傳的嗎？」她有點不大高興了。

再說西院的楊老太太，她也有個偏方，她說黃連二兩，豬肉半斤，把黃連和豬肉都切碎了，用瓦片來焙，焙好了，壓成麵，用紅紙包分成五包包起來。每次吃一包，專治驚風、掉魂。這個方法，倒也簡單。雖然團圓媳婦害的病可不是驚風、掉魂，似乎有點藥不對症。但也無妨試一試，好在只是二兩黃連、半斤豬肉，何況呼蘭河這個地方，又常有賣便宜豬肉的。雖說那豬肉怕是瘟豬，有點靠不住，但那是治病，也不是吃，又有什麼關係？

「去，買上半斤來，給她治一治。」

旁邊有著贊成的說：「反正治不好也治不壞。」

她的婆婆也說：「反正死馬當活馬治吧！」

於是團圓媳婦先吃了半斤豬肉加二兩黃連。

這藥是婆婆親手給她焙的，可是切豬肉是他家的大孫子媳婦給切的。那豬肉雖然是連紫帶青的，但中間畢竟有塊是很紅的，大孫子媳婦就偷著把這塊給留下來了，因爲她想，奶奶婆婆不是四五個月沒有買到一點葷腥了嗎？於是她就給奶奶婆婆偷著下了一碗麵疙瘩湯吃了。

奶奶婆婆問：「可哪兒來的肉？」

大孫子媳婦說：「妳老人家吃就吃吧，反正是孫子媳婦給妳做的。」

那團圓媳婦的婆婆是在灶坑裡邊搭起瓦來給她焙藥。一邊焙著，一邊說：「這可是半斤豬肉，一邊、一條不缺……」

越焙，那豬肉的味越香，有一匹小貓嗅到了香味而來了，想要在那已經焙好了的肉乾上擾一爪，牠剛一伸爪，團圓媳婦的婆婆一邊用手打著那貓，一邊說：

「這也是你動得爪的嗎？你這饞嘴巴，人家這是治病呵，是半斤豬肉，你也想要吃一口？你若吃了這口，人家的病可治不好了。一個人活活的要死在你身上，你這不知好歹的。這是整整半斤肉，不多不少。」

藥焙好了，壓碎了就沖著水給團圓媳婦吃了。

一天吃兩包，才吃了一天，第二天早晨，藥還沒有再吃，還有三包壓在灶王

爺板上，那些傳偏方的人就又來了。

有的說，黃連可怎麼能夠吃得？黃連是大涼藥，出虛汗像她這樣的人，一吃

黃連就要洩了元氣，一個人要洩了元氣那還得了嗎？

又一個人說：「那可吃不得呀！吃了過不去兩天要一命歸陰的！」

團圓媳婦的婆婆說：「那可怎麼辦呢？」

那個人就慌忙的問：「吃了沒有呢？」

團圓媳婦的婆婆剛一開口，就被他家的聰明的大孫子媳婦給遮過去了，說：

「沒吃，沒吃，還沒吃。」

那個人說：「既然沒吃就不要緊，真是你老胡家有天福，吉星高照，你家差

點沒有攤了人命。」

於是他又給出了個偏方，這偏方，據他說已經不算是偏方了，就是東二道街

上「李永春」藥舖的先生也常常用這個單方，是一用就好的，百試百靈。無管男、

女、老、幼，一吃一個好。也無管什麼病，頭痛、腳痛、肚子痛、五臟六腑痛，

藥。

這究竟是什麼藥呢？人們越聽這藥的效力大，就越想知道究竟是怎樣的一種藥。

他說：「年老的人吃了，眼花撩亂，又恢復到了青春。」

「年輕人吃了，力氣之大，可以搬動泰山。」

「婦女吃了，不用胭脂粉，就可以面如桃花。」

「小孩子吃了，八歲可以拉弓，九歲可以射箭，十二歲可以考狀元。」

開初，老胡家的全家，都爲之驚動，到後來怎麼越聽越遠了。本來老胡家一向是趕車拴馬的人家，一向沒有考狀元。大孫子媳婦，就讓一些圍觀的閃開一點，

她到梳頭匣子裡拿出一根畫眉的和柳條炭來。

她說：「快請把藥方開給我們吧，好到藥舖去趕早去抓藥。」

這個出藥方的人，本是「李永春」藥舖的廚子，三年前就離開了「李永春」那裡了。三年前他和一個婦人吊膀子，那婦人背棄了他，還帶走了他半生所積下的那點錢財，因此一氣而成了個半瘋。雖然是個半瘋了，但他在「李永春」那裡所記住的藥名字還沒有全然忘記。

他是不會寫字的，他就用嘴說：「車前子三錢，當歸二錢，生地二錢，藏紅花二錢，川貝母二錢，白朮二錢，遠志二錢，紫河車二錢……」

他說著似乎就想不起來了，急得頭頂一冒汗，張口就說紅糖二斤，就算完了。

說完了，他就和人家討酒喝：「有酒沒有，給兩盅喝喝。」

這半瘋，全呼蘭河的人都曉得，只有老胡家不知道。因為老胡家是外來戶，所以受了他的騙了。家裡沒有酒，就給了他兩吊錢的酒錢。那個藥方是根本不能夠用的，是他隨意胡說了一陣的結果。

團圓媳婦的病，一天比一天嚴重，據她家裡的人說，夜裡睡覺，她要忽然坐起來的，看了人她會害怕的，她的眼睛裡邊老是充滿了眼淚。這團圓媳婦大概非出馬不可了，若不讓她出馬，大概人要好不了的。

這種傳說，一傳出來，東鄰西鄰的，又都去建了議，都說哪能夠見死不救呢？有的說，讓她出馬就算了。有的說，還是不出馬的好。年輕輕的就出馬，這一輩子可得什麼才能夠到個頭。

她的婆婆則是絕對不贊成出馬的，她說：「大家可不要猜錯了，以為我訂這媳婦的時候花了幾個錢，我不讓她出馬，好像我捨不得這幾個錢似的。我也是那

麼想，一個小小的人出了馬，這一輩子可什麼時候才到個頭？」

於是大家就都主張不出馬的好，想偏方的，請大神的，各種人才齊聚，東說東的好，西說西的好。於是來了一個「抽帖兒的」。

他說來不久就病了，經過多少名醫，經過多少仙家也治不好，他特地趕來看看，新接來不遠千里而來，他是從鄉下趕到的。他聽城裡老老胡家有一個團圓媳婦，萬一要用著，救一個人命也是好的。這樣一來，十分使人感激。於是請到屋裡，坐在奶奶婆婆的炕沿上，給他倒一杯水，給他裝一袋煙。

大孫子媳婦先過來說：「我家的弟妹，年本十二歲，因為她長得太高，就說她十四歲。又說又笑，百病皆無。自接到我們家裡就一天一天的黃瘦。到近來就水不想喝，飯不想吃，睡覺的時候睜著眼睛，一驚一乍的。什麼偏方都吃過了，什麼香火也燒過了，就是百般的不好……」

大孫子媳婦還沒有說完，大娘婆婆就接著說：「她來到我家，我沒給她氣受，哪家的團圓媳婦不受氣？一天打八頓，罵三場。可是我也打過她，那是我要給她一個下馬威。我只打了她一個多月，雖然說我打得狠了一點，可是不狠哪能夠規矩出一個好人來？我也是不願意狠打她的，打得連喊帶叫的，我是為她著想，不

打得狠一點，她是不能夠中用的。有幾回，我是把她吊在大樑上，讓她叔公公用皮鞭子狠狠的抽了她幾回，打得是著點狠了，打昏過去了。可是只昏了一袋煙的工夫，就用冷水把她澆過來了。是打狠了一點，全身也都打青了，也還出了點血，可是立刻就打了個雞蛋青子給她擦上了。也沒有腫得怎樣高，也就是十天半月的就好了。這孩子，嘴也是特別硬，我一打她，她就說她要回家。我就問她，『哪兒是妳的家？這兒不就是妳的家嗎？』她可就偏不這樣說，她說回家。我一聽就更生氣。人在氣頭上還管得了這個那個，因此我也用燒紅過的烙鐵烙過她的腳心。誰知道來，也許是我把她打掉了魂啦，也許是我把她嚇掉了魂啦，她一說她要回家，我不用打她，我就說看妳回家，我用索鍊子把妳鎖起來。她就嚇得直叫。大仙家也看過了，說是要她出馬。一個團圓媳婦的花費也不少呢，你看她八歲我訂下她的，一訂就是八兩銀子，年年又是頭繩錢、鞋面錢的，到如今又用火車把她從遼陽接來，這一路的盤費。到了這兒，就是今天請神，明天看香火，幾天吃偏方。若是越吃越好，都還罷了，可是百般的不見好，將來誰知道來……到結果……」

不遠千里而來的這位抽帖兒的，端莊嚴肅，風塵僕僕，穿的是藍袍大衫，罩

著棉襖，頭上戴的是長耳四喜帽，使人一見了就要尊之為師。所以奶奶婆婆也說：

「快給我二孫子媳婦抽一個帖吧，看看她命理如何。」

那抽帖兒的一看，這家人家真是誠心誠意，於是他就把皮耳帽子從頭上摘下來了。一摘下帽子來，別人都看得見，來人頭頂上梳著髮捲，戴著道帽。一看就知道他可不是市井上一般的平凡的人。別人正想要問，還不等開口，他就說他是某山上的道人，他下山來是為的奔向山東的泰山去，誰知路出波折，缺少盤程，就流落在這呼蘭河的左右，已經不下半年之久了。

人家問他，既是道人，為什麼不穿道人的衣裳？他回答說：「你們哪裡曉得，世間三百六十行，各有各的苦。這地方的警察特別厲害，他一看穿了道人的衣裳，他就說三問四。他們那些叛道的人，無理可講，說抓就抓，說拿就拿。」

他還有一別號，叫雲遊真人，他說一提雲遊真人，遠近皆知。無管什麼病痛或是吉凶，若一抽了他的帖兒，則生死存亡就算定了。他說他的帖法，是張天師所傳。

他的帖兒並不多，只有四個，他從衣裳的口袋裡一個一個的往外摸，摸出一帖來是用紅紙包著，再一帖還是紅紙包著，摸到第四帖也都是紅紙包著。

他說帖下也沒有字，也沒有影，裡邊只包著一包藥麵，一包紅，一包綠，一包藍，一包黃。抽著黃的就是黃金富貴，抽著紅的就是紅顏不老。抽到綠的就不大好了，綠色的是鬼火。抽到藍的也不大好，藍的就是鐵臉藍青，張天師說過，鐵臉藍青，不死也得見閻王。

那抽帖兒的唸完了一套，就讓病人的親人伸出手來抽。

團圓媳婦的婆婆想，這倒也簡單、容易，她想趕快抽一帖出來看看，命定是死是活，多半也可以看出個大概。不曾想，剛一伸出手去，那雲遊真人就說：「每帖十吊錢，抽得藍的，若嫌不好，還可以再抽，每帖十吊……」

團圓媳婦的婆婆一聽，這才恍然大悟，原來這可不是白抽的，十吊錢一張可不是玩的，一吊錢撿豆腐可以撿二十塊。三天撿一塊豆腐，二十塊，二三得六，六十天都有豆腐吃。若是隔十天撿一塊，一個月撿三塊，那就半年都不缺豆腐吃了。她又想，三天一塊豆腐，哪有這麼浪費的人家？依著她一個月撿一塊大家嚐嚐也就是了，那麼辦，二十塊豆腐，每月一塊，可以吃二十個月，這二十個月，就是一年半還多兩個月。

若不是買豆腐，若養一口小肥豬，經心的餵著牠，餵得胖胖的，餵到五六個

月，那就是多少錢哪！餵到一年，那就是千八百吊了……

再說就是不買豬，買雞也好，十吊錢的雞，就是十來個，一年的雞，第二年就可以下蛋，一個蛋，多少錢？就說不賣雞蛋，就說拿雞蛋換青菜吧，一個雞蛋換來的青菜，夠老少三輩吃一天的了……何況雞會生蛋，蛋還會生雞，永遠這樣循環的生下去，豈不有無數的雞，無數的蛋了嗎？豈不發了財嗎？

但她可並不是這麼想，她想夠吃也就算了，夠穿也就算了，一輩子儉儉樸樸，多多少少積儲了一點也就夠了。她雖然是愛錢，若說讓她發財，她可絕對的不敢。那是多麼多呀！數也數不過來了，記也記不住了。假若是雞生了蛋，蛋生了雞，來回的不斷的生，這將成個什麼局面？雞豈不和螞蟻一樣多了嗎？看了就要眼花，眼花就要頭痛。

這團圓媳婦的婆婆，從前也養過雞，就是養了十吊錢的。她也不多養，她也不少養，十吊錢的就是她最理想的。十吊錢買了十二個小雞子，她想：這就正好了，再多怕丟了，再少又不夠十吊錢的。

在她一買這剛出蛋殼的小雞子的時候，她就挨著個看，這樣的不要，那樣的不要。黑爪的不要，花膀的不要，腦門上帶點的不要。她說她親娘就是會看雞，

那真是養了一輩子雞呀！年年養，可也不多養。可是一輩子針啦，線啦，沒有缺過，一年到頭靡花過錢，都是拿雞蛋換的。人家那眼睛真是認貨，什麼樣的雞短命，什麼樣的雞長壽，一看就跑不了她老人家的眼睛的。就說這樣的雞下蛋大，那樣的雞下蛋小，她都一看就在心裡了。

她一邊買著雞，她就一邊怨恨著自己沒有用，想當年為什麼不跟母親好好學呢！唉！年輕的人哪裡會慮後事？她一邊買著，就一邊感嘆。她雖然對這小雞子的選擇上邊，也下了萬分的心思，可以說是選無可選了。那賣雞子的人一共有二百多小雞，她通通的選過了，但究竟她所選了的，是否都是頂優秀的，這一點，她自己也始終把握不定。

她養雞，是養得很經心的，她怕貓狗了，怕耗子咬了。她一看那小雞，白天一打盹，她就給驅著蒼蠅，怕蒼蠅把小雞咬醒了，她讓牠多睡一會，她怕小雞睡眠不足。小雞的腿上，若讓蚊子咬了一塊疤，她一發現了，她就立刻泡了艾蒿水來給小雞來擦。她說若不及早的擦呀，那將來是公雞，就要長不大，是母雞就要下小蛋。小雞蛋一個換兩塊豆腐，大雞蛋換三塊豆腐。

這是母雞。再說公雞，公雞是一刀荣，誰家殺雞不想殺胖的。小公雞是不好

賣的。等她的小雞，略微長大了一點，能夠出了屋子，能夠在院子裡自己去找食吃去的時候，她就把牠們給染了六匹紅的，六匹綠的，都是在腦門上。

至於把顏色染在什麼地方，那就先得看鄰居家的都染在什麼地方，而後才能夠決定。鄰居家的小雞把色染在膀梢上，那她就染在腦門上。鄰居家的若染在腦門上，那她就要染在肚囊上。大家切不要都染在一個地方，染在一個地方可怎麼能夠識別呢？你家的跑到我家來，我家的跑到你家去，那麼豈不又要混亂了嗎？

小雞上染了顏色是十分好看的，紅腦門的，綠腦門的，好像牠們都戴了花帽子。好像不是養的小雞，好像養的是小孩似的。這團圓媳婦的婆婆從前她自己養的時候就說過：「養雞可比養小孩更嬌貴，誰家的孩子還不就是扔在旁邊他自己長大的，蚊子咬咬，臭蟲咬咬，哪怕什麼的，哪家的孩子的身上沒有個疤拉瘤子的？沒有疤拉瘤子的孩子並不多，就是這一個兒子，雖然說是稀少，可是也沒有嬌養過。到如今那身上的疤也有二十多塊。

據她說，她一輩子的孩子都不好養活，都要短命的。」

她說：「不信，脫了衣裳讓大家夥看看……那孩子那身上的疤拉，真是多大的都有，碗口大的也有一塊。真不是說，我對孩子真沒有嬌養過。除了他自個兒

跌的摔的不說，就說我用劈柴棒子打的也落了好幾個疤。養活孩子可不是養活雞鴨的呀！養活小雞，你不好好養牠，牠不下蛋。一個蛋，大的換三塊豆腐，小的換兩塊豆腐，是鬧玩的嗎？可不是鬧著玩的。」

有一次，她的兒子踏死了一個小雞子，她打了她兒子三天三夜，她說：「我為什麼不打他呢？一個雞子就是三塊豆腐，雞子是雞蛋變的呀！要想變一個雞子，就非一個雞蛋不行，半個雞蛋能行嗎？不但半個雞蛋不行，就是差一點也不行，壞雞蛋不行，陳雞蛋不行。一個雞要一個雞蛋，那麼一個雞不就是三塊豆腐是什麼呢？眼睜睜的把三塊豆腐放在腳底踩了，這該多大的罪？不打他，哪兒能夠不打呢？我越想越生氣，我想起來就打，無管黑夜白日，我打了他三天。後來打出一場病來，半夜三更的，睡得好好的說哭就哭。可是我也沒有當他是一回子事，我就拿飯勺子敲著門框，給他叫了叫魂。沒理他也就好了。」

她這有多少年沒養雞了，自從訂了這團圓媳婦，把積存下的那點針頭線腦的錢都花上了。這還不說，還是每年頭繩錢啦、腿帶錢的托人捎去，一年一個空，這幾年來就緊得不得了。想養幾個雞，都狠心沒有養。

現在這抽帖的雲遊眞人坐在她的眼前，一帖又是十吊錢。若是先不提錢，先

讓她把帖抽了，哪管抽完再要錢呢，那也總算是沒有花錢就抽了帖的。可是偏偏

不先，那抽帖的人，帖還沒讓抽，就是提到了十吊錢。

所以那團圓媳婦的婆婆覺得，一伸手十吊錢，一張口十吊錢，這不是眼看著

錢往外飛嗎？這不是飛，這是幹什麼？一點聲響也沒有，一點影子也看不見。還

不比過河，往河裡扔錢，還聽一個響呢，還打一個水泡呢。這是什麼代價也沒有

的，好比自己發了昏，把錢丟了，好比遇了強盜，活活的把錢搶去了。

團圓媳婦的婆婆，差一點沒因為心內的激憤流了眼淚。她一想十吊錢一帖，

這哪裡是抽帖，這是抽錢。於是她把伸出去的手縮回來了。她趕快跑到臉盆那裡

去，把手洗了，這可不是鬧笑話的，這是十吊錢哪！她洗完了手又跪在灶王爺那

裡禱告了一番，禱告完了才能夠抽帖的。

她第一帖就抽了個綠的，綠的不大好，綠的就是鬼火。她再抽一抽，這一帖

就更壞了，原來就是那最壞的，不死也得見閻王的裡邊包著藍色藥粉的那張帖。

團圓媳婦的婆婆一見兩帖都壞，本該抱頭大哭，但是她沒有那麼的。自從團

圓媳婦病重了，說長的、道短的、說死的、說活的，樣樣都有。又加上已經左次

右番的請胡仙、跳大神、鬧神鬧鬼，已經使她見過不少的世面了。說話雖然高興，

說去見閻王也不怎樣悲哀，似乎一時也總像見不了的樣子。

於是她就問那雲遊眞人，兩帖抽得都不好，是否可以想一個方法可以破一破？

雲遊眞人就說了：「拿筆拿墨來。」

她家本也沒有筆，大孫子媳婦就跑到大門洞子旁邊那糧米舖去借去了。

糧米舖的山東女老闆，就用山東腔問她：「妳家作啥？」

大孫子媳婦說：「給弟妹畫病。」

女老闆又說：「妳家的弟妹，這一病就可不淺，到如今好了點沒？」

大孫子媳婦本想端著硯台、拿著筆就跑，可是人家關心，怎好不答，於是去

了好幾袋煙的工夫，還不見回來。

等她抱了硯台回來的時候，那雲遊眞人，已經把紅紙都撕好了。於是拿起筆

來，在他撕好的四塊紅紙上，一塊上邊寫了一個大字，那紅紙條也不過半寸寬，

一寸長。他寫的那字大得都要從紅紙的四邊飛出來了。

這四個字──他家本沒有識字的人，灶王爺上的對聯還是求人寫的──一模

一樣，好像一母所生，也許寫的就是一個字。大孫子媳婦看看不認識，奶奶婆婆

看看也不認識。雖然不認識，大概這個字一定也壞不了，不然，就用這個字怎麼

能破開一個人不見閻王呢？於是都一齊點頭稱好。

那雲遊真人又命拿漿糊來。她們家終年不用漿糊，漿糊多麼貴，白麵十多吊錢一斤。都是用黃米飯粒來黏鞋面的。

大孫子媳婦到鍋裡去鏟了一塊黃黏米飯來。雲遊真人，就用飯粒貼在紅紙上了。

於是掀開團圓媳婦蒙在頭上的破棉襖，讓她拿出手來，一個手心上給她貼一張。又讓她脫了襪子，一隻腳心上給她貼了一張。

雲遊真人一見，腳心上有一大片白色的疤痕，他一想就是方才她婆婆所說的用烙鐵給她烙的。可是他假裝不知，問說：「這腳心可是生過什麼病症嗎？」

團圓媳婦的婆婆連忙就接過來說：「我方才不是說過嗎？是我用烙鐵給她烙的。哪裡會見過的呢？走倒像飛似的，打她，她記不住，我就給她烙一烙。好在也沒什麼，小孩子肉皮活，也就是十天半月的下不來地，過後也就好了。」

那雲遊真人想了一想，好像要嚇唬她一下，就說這腳心的疤，雖然是貼了紅帖，也怕貼不住，閻王爺是什麼都看得見的，這疤怕是就給了閻王爺以特殊的記號，有點不大好辦。

雲遊真人說完了，看一看她們怕不怕，好像是不怎樣怕。於是他就說得嚴重

一些：「這疤不掉，閻王爺在三天之內就能夠找到她，一找到她，就要把她活捉了去的。剛才的那帖是再準也沒有的了，這紅帖也絕沒有用處。」

他如此的嚇唬著她們，似乎她們從奶奶婆婆到孫子媳婦都不大怕。那雲遊眞人，連想也沒有想，於是開口就說：「閻王爺不但要捉團圓媳婦去，還要捉了團圓媳婦的婆婆去，現世現報，拿烙鐵烙腳心，這不是虐待，這是什麼婆婆虐待媳婦，做婆婆的死了下油鍋，老胡家的婆婆虐待媳婦……」

他就越說越大聲，似乎要喊了起來，好像他是專打抱不平的好漢，而變了他原來的態度了。

一說到這裡，老胡家的老少三輩都害怕了，毛骨悚然，以爲她家裡又是撞進來了什麼惡魔。而最害怕的是團圓媳婦的婆婆，嚇得亂哆嗦，這是多麼駭人聽聞的事情，虐待媳婦，世界上能有這樣的事情嗎？

於是團圓媳婦的婆婆趕快跪下了，面向著那雲遊眞人，眼淚一對一雙的往下落：「這都是我一輩子沒有積德，有孽遭到兒女的身上，我哀告眞人，請眞人誠心的給我化散化散，借了眞人的靈法，讓我的媳婦死裡逃生吧。」

那雲遊眞人立刻就不說見閻王了，說她的媳婦一定見不了閻王，因爲他還有

一個辦法一辦就好的。說來這法子也簡單得很，就是讓團圓媳婦把襪子再脫下來，用筆在那疤痕上一畫，閻王爺就看不見了。當場就脫下襪子來在腳心上畫了。一邊畫著還嘴裡嘟嘟的唸著咒語。這一畫不知費了多大力氣，旁邊看著的人倒覺十分的容易，可是那雲遊眞人卻冒了滿頭的汗，他故意的咬牙切齒，皺面瞪眼。這一畫也並不是容易的事情，好像怕在上刀山似的。

畫完了，把錢一算，抽了兩帖二十吊。寫了四個紅紙貼在腳心手心上，每帖五吊是半價出售的，一共是四五等於二十吊。外加這一畫，這一畫本來是十吊錢，現在就給打個對折吧，就算五吊錢一隻腳心，一共畫了兩隻腳心，又是十吊。二十吊加二十吊，再加十吊。一共是五十吊。

雲遊眞人拿了這五十吊錢樂樂呵呵的走了。

團圓媳婦的婆婆，在她剛要抽帖的時候，一聽每帖十吊錢，她就心痛得了不得，又要想用這錢養雞，又要想用這錢養豬。等到現在五十吊錢拿出去了，她反而也不想雞了，也不想養豬了。因為她想，來到臨頭，不給也是不行了。帖也抽了，字也寫了，要想不給人家錢也是不可能的了。事到臨頭，不給還有什麼辦法呢？

別說五十吊，就是一百吊錢也得算著嗎？不給還行嗎？

於是她心安理得的把五十吊錢給了人家了。這五十吊錢，是她秋天出城去在

豆田裡拾黃豆粒，一共拾了二升豆子賣了幾十吊錢。

在田上拾黃豆粒也不容易，一片大田，經過主人家的收割，還能夠剩下多少

豆粒呢？何況窮人聚了那麼大的一群，孩子、女人、老太太……你搶我奪的，你

爭我打的。為了二升豆子就得在田上爬了半月二十天的，爬得腰酸腿疼。唉，為

著這點豆子，那團圓媳婦的婆婆還到「李永春」藥舖，去買過二兩紅花的。

那就是因為在土上爬豆子的時候，有一棵豆秧刺了她的手指甲一下。她也沒

有在乎，把刺拔出來也就去他的了，該拾豆子還是拾豆子。就因此那指甲可就不

知怎麼樣，睡了一夜那指甲就腫起來了，腫得和茄子似的。

這腫一腫又算什麼呢？又不是皇上娘娘，說起來可真嬌慣了，哪有一個人吃

天靠天，而不生點天災的？

鬧了好幾天，夜裡痛得火喇喇的不能睡覺了，這才去買了二兩紅花來。

說起買紅花來，是早就該買的，奶奶婆婆勸她買，她不買。大孫子媳婦勸她

買，她也不買。她的兒子想用孝順來爭服他的母親，他強硬的要去給她買，因此

還挨了他媽的一煙袋鍋子，這一煙袋鍋子就把兒子的腦袋給打了雞蛋大的一個

包。

「你這小子，你不是敗家嗎？你媽還沒死，你就作了主了。小兔崽子，我看著你再說買紅花的，大兔崽子我看著你的。」

就這一邊罵著，一邊煙袋鍋子就打下來了。

後來也到底還是買了，大概是驚動了東鄰西舍，這家說說，那家講講的，若再不買點紅花來，也大不好看了，讓人家說老胡家的大兒媳婦，一年到頭，就能夠尋尋覓覓的積錢，錢一到她的手裡，就好像掉了地縫了，一個錢也再不用想從她的手裡拿出來。假若這樣的說開去，也是不太好聽，何況這撿來的豆子能賣好幾十吊呢，花個三吊兩吊的就花了吧。一咬牙，去買上二兩紅花來擦擦。

想雖然是這樣想過了，但到底還沒有決定，延遲了好幾天還沒有「一咬牙」。

最後也畢竟是買了，她選擇了一個頂嚴重的日子，就是她的手，不但一個指頭，而是整個手都腫起來了，那原來腫得像茄子的指頭，現在更大了，已經和一個小多瓜似的了。而且連手掌也無限度的胖了起來，胖得和張大簸箕似的。

她多少年來，就嫌自己太瘦，她總說，太瘦的人沒有福份。尤其是瘦手瘦腳的，一伸出來和雞爪似的，真是輕薄的樣子。現在她的手是胖了，但這樣胖法，是不大舒服的。同時她也發了點熱，她的，一看就不帶福相。尤其是精瘦的兩隻手，一看就不帶福相。尤其是精瘦的兩隻手，

覺得眼睛和嘴都乾，臉也發燒，身上也時冷時熱，她就說：「這手是要鬧點事嗎？這手⋯⋯」

一清早起，她就這樣唸了好幾遍。那胖得和小簸箕似的手，是一動也不能動了，好像一匹大貓或者一個小孩的頭似的，她把它放在枕頭上和她一齊的躺著。

「這手是要鬧點事的吧！」

當她的兒子來到她旁邊的時候，她就這樣說。她的兒子一聽她母親的口氣，就有些了解了，大概這回她是要買紅花的了。

於是她的兒子跑到奶奶的面前，去商量著要給他母親去買紅花，她們家住的是南北對面的炕。那商量的話聲，雖然不甚大，但是他的母親是聽到的了。聽到了，也假裝沒有聽到，好表示這買紅花可到底不是她的意思，可並不是她的主使，她可沒有讓他們去買紅花。

在北炕上，祖孫二人商量了一會，孫子說向她媽去要錢去。祖母說：「拿你奶奶的錢去買吧，你媽好了再還我。」

祖母故意把這句話說得聲音大一點，似乎故意讓她的大兒媳婦聽見。大兒媳婦是不但這句話，就是全部的話也都了然在心了，不過裝著不動就是了。

紅花買回來了，兒子坐到母親的旁邊，兒子說：「媽，妳把紅花酒擦上吧。」

母親從枕頭上轉過臉兒來，似乎買紅花這件事情，事先一點也不曉得，說：

這回可並沒有用煙袋鍋子打，倒是安安靜靜地把手伸出來，讓那浸了紅花的

酒，把一隻胖手完全染上了。

「啊！這小鬼羔子，到底買了紅花來……」

三吊錢的，那可貴了一點。若是讓她自己去買，她可絕對的不能買這麼多，也不

就是紅花嗎？她想著想著，因為手上塗了酒覺得涼爽，就要睡一覺，又加上燒酒的氣

就是了。她想著想著，因為手上塗了酒覺得涼爽，就要睡一覺，又加上燒酒的氣

味香撲撲的，紅花的氣味藥忽忽的，她覺得實在是舒服了不少。於是她一閉眼睛

就做了一個夢。

這夢做的是她買了兩塊豆腐，這豆腐又白又大。是用什麼錢買的呢？就是用

買紅花剩來的錢買的。因為在夢裡邊她夢見是她自己去買的紅花。她自己也不買

三吊錢的，也不買兩吊錢的，是買了一吊錢的。在夢裡邊她還算著，不但今天有

兩塊豆腐吃，哪天一高興還有兩塊吃的！三吊錢才買了一吊錢的紅花呀！

這紅花到底是三吊錢的，還是三吊錢的，若是二吊錢的倒給得不算少，若是

就是了。她想著想著，因為手上塗了酒覺得涼爽，就要睡一覺，又加上燒酒的氣

三吊錢的，那可貴了一點。若是讓她自己去買，她可絕對的不能買這麼多，也不

紅花就是紅的就是了，治病不治病，誰曉得？也不過就是解解心疑

現在她一遭就拿了五十吊錢給了雲遊眞人。若照她的想法來思，這五十吊錢可該買多少豆腐了呢？

但是她沒有想，一方面因爲團圓媳婦的病也實在病得纏綿，在她身上花錢也花得大手大腳的了。另一方面就是那雲遊眞人的來勢也過於猛了點，竟打起抱不平來，說她虐待團圓媳婦，還是趕快的給了他錢，讓他滾蛋吧。

眞是家裡有病人是什麼氣都受得呵。團圓媳婦的婆婆左思右想，越想越是自己遭了無妄之災，滿心的冤屈，想罵又沒有對象，想哭又哭不出來，想打也無處下手了。那小團圓媳婦再打也就受不住了。

若是那小團圓媳婦剛來的時候，那就非先抓過她來打一頓再說。做婆婆的打了一隻飯碗，也抓過來把小團圓媳婦打一頓。她丟了一根針也抓過來把小團圓媳婦打一頓。她跌了一個筋斗，把單褲膝蓋的地方跌了一個洞，她也抓過來把小團圓媳婦打一頓。總之，她一不順心，她就覺得她的手就想要打人。她打誰呢？誰能夠讓她打呢？於是就輪到小團圓媳婦了。

有娘的，她不能夠打，她自己的兒子也捨不得打。打貓，她怕把貓打丟了。打狗，她怕把狗打跑了。打豬，怕豬掉了斤兩。打雞，怕雞不下蛋。

惟獨打這小團圓媳婦是一點毛病沒有，她又不能跑掉，她又不能丟了。她又不會下蛋，反正也不是豬，打掉了一些斤兩也不要緊，反正也不過秤。

可是這小團圓媳婦，一打也就吃不下飯去。吃不下飯去不要緊，多喝一點飯米湯好啦，反正飯米湯剩下也是要餵豬的。

可是這都成了已往的她的光榮的日子了。

現在她不用說打，就連罵也不大罵她了。現在她別的都不怕，她就怕她死，她心裡總有一個陰影，她的小團圓媳婦可不要死了呵。

於是她碰到了多少的困難，她都克服了下去，她咬著牙根，她忍住眼淚，她要罵不能罵，她要打不能打。她要哭，她又止住了。無限的傷心，無限的悲哀，常常一齊會來到她的心中的。

她想，也許是前生沒有做了好事，此生找到她了。不然為什麼連一個團圓媳婦的命都沒有。她想一想，她一生沒有做過惡事，面軟、心慈，凡事都是自己吃虧，讓著別人。雖然沒有吃齋唸佛，但是初一十五的素口也自幼就吃著。雖然不怎樣拜廟燒香，但四月十八的廟會，也沒有拉下過。娘娘廟前一把香，老爺廟前三個頭。哪一年也都是燒香磕頭的沒有拉過「過場」。雖然是自小沒有讀過詩文，

不認識字，但是《金剛經》《灶王經》也會唸上兩套。雖然說不曾做過捨善的事情，沒有補過路，沒有修過橋，但是逢年過節，對那些討飯的人，也常常給過他們剩湯剩飯的。雖然過日子不怎樣儉省，但也沒有多吃過一塊豆腐。拍拍良心，對天對得起，對地也對得住。那為什麼老天爺明明白白的卻把禍根種在她身上？

她越想，她越心煩意亂。「都是前生沒有做了好事，今生才找到了。」

她一想到這裡，她也就不再想了，反正事到臨頭，瞎想一陣又能怎樣呢？於是她自己勸著自己，就又忍著眼淚，咬著牙根，把她那兢兢業業的，養豬餵狗所積下來的那點錢，又一吊一吊的，一五一十的，往外拿著。

東家說看個香火，西家說吃個偏方。偏方、野藥、大神、趕鬼、看香、扶乩，樣樣都已經試過，錢也不知花了多少，但是都不怎樣見效。

那小團圓媳婦夜裡說夢話，白天發燒。一說起夢話來，總是說她要回家。「回家」這兩個字，她的婆婆覺個最不祥，就怕她是陰間的花姐，閻王奶奶要把她叫了回去，於是就請了一個圓夢的。

那圓夢的一圓，果然不錯，「回家」就是回陰間地獄的意思。

所以那小團圓媳婦，做夢的時候，一夢到她的婆婆打她，或者是用梢子繩把

她吊在房樑上了，或是夢見婆婆用鐵烙她的腳心，或是夢見婆婆用針刺她的手指尖。一夢到這些，她就大哭大叫，而且嚷著她要「回家」。

婆婆一聽她嚷回家，就伸出手去在大腿上擰著她。日子久了，那擰來擰去，那小團圓媳婦的大腿被擰得像一個梅花鹿似的青一塊、紫一塊的了。

她是一分善心，怕是真的她回了陰間地獄，趕快的把她叫醒來。

可是小團圓媳婦睡得朦朦朧朧的，她以為她的婆婆可又真的在打她了，於是她大叫著，從炕上翻身起來，就跳下地去，拉也拉不住她，按也按不住她。她的力氣大得驚人，她的聲音喊得怕人。她的婆婆於是覺得更是見鬼了、著魔了。

不但她的婆婆，全家的人也都相信這孩子的身上一定有鬼。誰聽了能夠不相信呢？半夜三更的喊著回家，一招呼醒了，她就跳下地去，瞪著眼睛，張著嘴，連哭帶叫的，那力氣比牛還大，那聲音好像殺豬似的。

誰能夠不相信呢？又加上她婆婆的渲染，說她眼珠子是綠的，好像兩點鬼火似的，說她的喊聲，是直聲拉氣的，不是人聲。

所以一傳出去，東鄰西舍的，沒有不相信的。

於是一些善人們，就覺得這小女孩也實在讓鬼給捉弄得可憐了。哪個孩兒是

沒有娘的，哪個人不是肉生肉長的？誰家不都是養老育小……於是大動惻隱之心。

東家二姨，西家三姑，她說她有奇方，她說她有妙法。

於是就又跳神趕鬼、看香、扶乩，老胡家鬧得非常熱鬧。傳爲一時之盛。若

有不去看跳神趕鬼的，竟被指爲落伍。

因爲老胡家跳神跳得花樣翻新，是自古也沒有這樣跳的，打破了跳神的紀錄

了，給跳神開了一個新紀元。若不去看看，耳目因此是會閉塞了的。

當地沒有報紙，不能記錄這椿盛事。若是患了半身不遂的人，患了癱病的人，

或是大病臥牀不起的人，那眞是一生的不幸，大家也都爲他惋惜，怕是他此生也

要孤陋寡聞，因爲這樣的隆重的盛舉，他究竟不能夠參加。

呼蘭河這地方，到底是太閉塞，文化是不大有的。雖然當地的官、紳，認爲

已經滿意了，而且請了一位滿淸的翰林，作了一首歌，歌曰：

溯呼蘭天然森林，自古多奇材。

這首歌還配上了從東洋流來的樂譜，使當地的小學都唱著。這歌不止這兩句

這麼短，不過只唱這兩句就已經夠好的了。所好的是使人聽了能夠引起一種自負

的感情來，尤其當淸明植樹節的時候，幾個小學堂的學生都排起隊來在大街上遊

行，並唱著這首歌，使老百姓聽了，也覺得呼蘭河是個了不起的地方，一開口說話就：「我們呼蘭河！」

那在街道上撿糞蛋的孩子，手裡提著糞耙子，他還說：「我們呼蘭河！」可不知道呼蘭河給了他什麼好處。也許那糞把子就是呼蘭河給了他的。

呼蘭河這地方，儘管奇才很多，但到底大閉塞，竟不會辦一張報紙。以至於把當地的奇聞妙事都沒有記載，任它風散了。

老胡家跳大神，就實在跳得奇。用大缸給團圓媳婦洗澡，而且是當眾就洗的。

這種奇聞盛舉一經傳了出來，大家都想去開開眼界，就是那些患了半身不遂的、患了癱病的人，人們覺得他們癱了倒沒有什麼，只是不能夠前來看老胡家團圓媳婦大規模的洗澡，真是一生的不幸。

5.

天一黃昏，老胡家就打起鼓來了。大缸、開水、公雞，都預備好了。

公雞抓來了，開水燒滾了，大缸擺好了。

看熱鬧的人，絡繹不絕的來看。我和祖父也來了。

小團圓媳婦躺在炕上，黑忽忽的，笑呵呵的。我給她一個玻璃球，又給她一片碗碟，她說這碗碟很好看，她拿在眼睛前照一照。她說這玻璃球也很好玩，她用手指甲彈著。她看一看她的婆婆不在旁邊，她就起來了，她想要坐起來在炕上彈這玻璃球。

還沒有彈，她的婆婆就來了，就說：「小不知好歹的，妳又起來瘋什麼？」

說著走近來，就用破棉襖把她蒙起來了，蒙得沒頭沒腦的，連臉也露不出來。

我問祖父她為什麼不讓她玩？

祖父說：「她有病。」

我說：「她沒有病，她好好的。」

於是我上去把棉襖給她掀開了。掀開一看，她的眼睛早就睜著。她問我，她的婆婆走了沒有，我說走了，於是她又起來了。

她一起來，她的婆婆又來了。又把她給蒙了起來說：「也不怕人家笑話，病得跳神趕鬼的，哪有的事情，說起來，就起來。」

這是她婆婆向她小聲說的，等婆婆回過頭去向著眾人，就又那麼說：「她是一點也著不得涼的，一著涼就犯病。」

「屋裡屋外，越張羅越熱鬧了，小團圓媳婦跟我說：「等一會妳看吧，就要洗澡了。」她說著的時候，好像說著別人的一樣。

果然，不一會工夫就洗起澡來了，洗得吱哇亂叫。

大神打著鼓，命令她當眾脫了衣裳。衣裳她是不肯脫的，她的婆婆抱住了她，還請了幾個幫忙的人，就一齊上來，把她的衣裳撕掉了。她本來是十二歲，卻長得十五六歲那麼高，所以一時看熱鬧的姑娘媳婦們看了她，都難為情起來。很快的，小團圓媳婦就被抬進大缸裡去。大缸裡滿是熱水，是滾熱的熱水。

她在大缸裡邊，叫著、跳著，好像她要逃命似的狂喊。她的旁邊站著三四個人從缸裡舀起熱水來往她的頭上澆。不一會，澆得熱臉臉通紅，她再也不能夠掙扎了，她安穩的在大缸裡邊站著，她再不住外邊跳了，大概她覺得跳也跳不出來了，那大缸是很大的，她站在裡邊僅僅的露著一個頭。

我看了半天，到後來她連動也不動，哭也不哭，笑也不笑。滿臉的汗珠，滿臉通紅，紅得像一張紅紙。我跟祖父說：「小團圓媳婦不叫了。」

我再往大缸裡一看，小團圓媳婦沒有了。她倒在大缸裡了。

這時候，看熱鬧的人們，一聲狂喊，都以為小團圓媳婦是死了，大家都跑過去拯救她，竟有心慈的人，流下眼淚來。

小團圓媳婦還活著的時候，她像要逃命似的。前一刻她還求救於人的時候，並沒有一個人上前去幫忙她，把她從熱水裡解救出來。

現在她是什麼也不知道了，什麼也不要求了，可是一些人，偏要去救她。把她從大缸裡抬出來，給她澆一點冷水。

這小團圓媳婦一昏過去，可把那些看熱鬧的人可憐得不得了，就是前一刻她還主張著「用熱水澆哇！用熱水澆哇！」的人，現在也心痛起來。怎能夠不心痛呢？活蹦亂跳的孩子，一會工夫就死了。

小團圓媳婦擺在炕上，渾身像火炭那般熱，東家的嬸子，伸出一雙手來，到她身上去摸一摸，西家大娘也伸出手來到她身上去摸一摸。

都說：「喲喲，熱得像火炭似的。」

有的說，水太熱了一點；有的說，不應該往頭上澆，大熱的水，一澆哪有不昏的？大家正在談說之間，她的婆婆過來，趕快拉了一張破棉襖給她蓋上了，說：

「赤身裸體的羞不羞!」

小團圓媳婦怕羞不肯脫下衣裳來,她婆婆喊著號令給她撕下來了。現在她什麼也不知道了,她沒有感覺了,婆婆反而替她著想了。

大神打了幾陣鼓,二神向大神對了幾陣話。看熱鬧的人,你望望他,他望望你。雖然不知道下文如何,這小團圓媳婦到底是死是活,但卻沒有白看一場熱鬧,到底是開了眼界,見了世面,總算是不無所得的。

有的竟覺得睏了,問著別人,三道是否打了橫攔,說他要回家睡覺去了。大神一看這場面不大好,怕是看熱鬧的人都要走了,就賣一點力氣叫一叫座,於是痛打了一陣鼓,噴了幾口酒在團圓媳婦的臉上。從腰裡拿出銀針來,刺著小團圓媳婦的手指尖。不一會,小團圓媳婦就活轉來了。

大神說,洗澡必得連洗三次,還有兩次要洗的。於是人心大為振奮,睏的也不睏了,要回家睡覺的也精神了。這來看熱鬧的,不下三十人,個個眼睛發亮,人人精神百倍。看吧,洗一次就昏過去了,洗兩次又該怎樣呢?洗上三次,那可就不堪想像了。所以看熱鬧的人的心裡,都滿著祕密。

果然的,小團圓媳婦一被抬到大缸裡去,被熱水一燙,就又大聲的怪叫了起

來，一邊叫著一邊還伸出手來把著缸沿想要跳出來。這時候，澆水的澆水，按頭的按頭，總算讓大家壓服，又把她昏倒在缸底裡了。

這次她被抬出來的時候，她的嘴裡還往外吐著水。

於是一些善心的人，是沒有不可憐這小女孩子的。東家的二姨，西家的三嬸，就都一齊圍攏過去，都去設法施救去了。她們圍攏過去，看看有死沒有？若還有氣，那就不用救；若是死了，那就趕快澆涼水。若是有氣，她自己就會活轉來的。

若是斷了氣，那就趕快施救，不然，怕她真的死了。

6.

小團圓媳婦當晚被熱水燙了三次，燙一次，昏一次。鬧得三更天才散了場。

大神回家去睡覺去了，看熱鬧的人也都回家去睡覺去了。

星星月亮，出滿了一天，冰天雪地正是個冬天。雪掃著牆根，風颳著窗櫺。

雞在架裡邊睡覺，狗在窩裡邊睡覺，豬在欄裡邊睡覺，全呼蘭河都睡著了。

只有遠遠的狗叫，那或許是從白旗屯傳來的，或者是從呼蘭河的南岸那柳條林子裡的野狗的叫喚。總之，那聲音是來得很遠，那已經是呼蘭河城以外的事情了。

而呼蘭河全城，就都一齊睡著了。

前半夜那跳神打鼓的事情一點也沒有留下痕跡。那連哭帶叫的小團圓媳婦，好像在這世界上她也並未曾哭過叫過，因為一點痕跡也並未留下。家家戶戶都是黑洞洞的，家家戶戶都睡得沉實實的。

團圓媳婦的婆婆也睡得打呼了。

因為三更已經過了，就要來到四更天了。

7.

第二天小團圓媳婦昏昏沉沉的睡了一天，第三天，第四天，也都是昏昏沉沉的睡著，眼睛似睜非睜的，留著一條小縫。從小縫裡邊露著白眼珠。

家裡的人，看了她那樣子，都說，這孩子經過一番操持，怕是真魂就要附體

了，真魂一附了體，病就好了。不但她的家裡人這樣說，就是鄰人也都這樣說，所以對於她這種不飲不食，似睡非睡的狀態，不但不引以為憂，反而覺得應該慶幸。她昏睡了四五天，她家的人就快樂了四五天，她睡了六七天，她家的人就快樂了六七天。在這期間，絕對的沒有使用偏方，也絕對的沒有採用野藥。

但是過了六七天，她還是不飲不食的昏睡，要好起來的現象一點也沒有。於是又找了大神來，大神這次不給她治了，說這團圓媳婦非出馬當大神不可。

於是又採用了正式的趕鬼的方法，到紮彩舖去，紮了一個紙人，而後給紙人縫起布衣來穿上——穿布衣裳為的是絕對的像真人——搽脂抹粉，手裡提著花毛巾，很是好看，穿了滿身花洋布的衣裳，打扮成一個十七八歲的大姑娘。用人抬著，抬到南河沿旁邊那大土坑去燒了。這叫做燒「替身」，據說把這「替身」一燒了，她可以替代真人，真人就可以不死。

燒「替身」的那天，團圓媳婦的婆婆為著表示虔誠，她還特意的請了幾個吹鼓手，前邊用人舉著那紮彩人，後邊跟著幾個吹鼓手，嗚呱嗆，嗚呱嗆的向著南大土坑走去了。

那景況說熱鬧也很熱鬧，喇叭曲子吹的是句句雙。說淒涼也很淒涼，前邊一

個紮彩人，後邊三五個吹鼓手，出喪不像出喪，報廟不像報廟。

跑到大街上來看這熱鬧的人也不很多，因為天太冷了，探頭探腦的跑出來的人一看，覺得沒有什麼可看的，就關上大門回去了。

所以就孤孤單單的，淒淒涼涼在大土坑那裡把那紮彩人燒了。

8.

團圓媳婦的婆婆一邊燒著還一邊後悔，若早知道沒有什麼看熱鬧的人，那又何必給這紮彩人穿上真衣裳？她想要從火堆中把衣裳搶出來，但又來不及了，就眼看著讓它燒去了。這一套衣裳，一共花了一百多吊錢。於是她看著那衣裳的燒去，就像眼看著燒去了一百吊錢。

她心裡是又悔又恨，她簡直忘了這是她的團圓媳婦燒替身。她本來打算唸一套禱神告鬼的詞句，她回來的時候，走在路上才想起來。但想起來也晚了，於是她自己感到大概要白白的燒了個替身。靈不靈誰曉得呢？

後來又聽說那團圓媳婦的大辮子，睡了一夜覺就掉下來了。

就掉在枕頭旁邊，這可不知是怎麼回事。

她的婆婆說這團圓媳婦一定是妖怪。

把那掉下來的辮子留著，誰來給誰看。

看那樣子一定是什麼人用剪刀給她剪下來的。但是她的婆婆偏說不是，就說，

睡了一夜覺就自己掉下來了。

於是這奇聞又遠近的傳開去了。不但她的家人不願意和妖怪在一起，就是同

院住的人也都覺太不好。夜裡關門關窗戶的，一邊關著於是就都說：「老胡家那

小團圓媳婦一定是小妖怪。」

我家的老廚子是個多嘴的人，他和祖父講老胡家的團圓媳婦又怎樣怎樣了，

又出了新花頭，辮子也掉了。

我說：「不是的，是用剪刀剪的。」

老廚子看我小，他欺侮我，他用手指住了我的嘴。他說：「妳知道什麼，那

小團圓媳婦是個妖怪呀！」

我說：「她不是妖怪，我偷著問她，她頭髮是怎麼掉了的，她還跟我笑呢！

她說她不知道！」

祖父說：「好好的孩子快讓他們捉弄死了。」

過了些日子，老廚子又說：「老胡家要『休』妻了，要『休』了那小妖怪。」

祖父以為老胡家那人家不大好。

祖父說：「二月讓他搬家。把人家的孩子快捉弄死了，又不要了。」

9.

還沒有到二月，那黑忽忽的、笑呵呵的小團圓媳婦就死了。是一個大清早晨，老胡家的大兒子，那個黃臉大眼睛的車老子就來了。一見了祖父，他就雙手舉在胸前作了一個揖。

祖父問他什麼事？

他說：「請老太爺施捨一塊地方，好把小團圓媳婦埋上⋯⋯」

祖父問他：「什麼時候死的？」

他說：「我趕著車，天亮才到家。聽說半夜就死。」

祖父答應了他，讓他埋在城外的地邊上，並且招呼有二伯來，讓有二伯領著他們去。有二伯臨走的時候，老廚子也跟去了。

我說，我也要去，我也跟去看看，祖父百般的不肯。祖父說：「咱們在家下壓拍子打小雀吃……」

我於是就沒有去。雖然沒有去，但心裡邊總惦著有一回事。等有二伯也不回來，等那老廚子也不回來。等他們回來，我好聽一聽那情形到底怎樣？

一點多鐘，他們兩個在人家喝了酒，吃了飯才回來的。前邊走著老廚子，後邊走著有二伯。好像兩個胖鴨子似的，走也走不動了，又慢又得意。

走在前邊的老廚子，眼珠通紅，嘴唇發光。走在後邊的有二伯，面紅耳熱，一直紅到他脖子下邊的那條大筋。

進到祖父屋來，一個說：「酒菜真不錯……」

一個說：「……雞蛋湯打得也熱虎。」

關於埋葬團圓媳婦的經過，卻先一字未提，好像他們兩個是過年回來的，充滿了歡天喜地的氣象。

我問有二伯，那小團圓媳婦怎麼死的，埋葬的情形如何。

有二伯說：「妳問這個幹什麼，人死還不如一隻雞……一伸腿就算完事……」

我問：「有二伯，你多久死呢？」

他說：「妳二伯死不了的……那家有萬貫的，那活著享福的，越想長壽，就越活不長……上廟燒香，上山拜佛的也活不長。像妳有二伯這條窮命，越老越結實。好比個石頭疙瘩似的，哪兒死啦！俗語說得好，『有錢三尺壽，窮命活不夠』。像有二伯就是這窮命，窮命鬼閻王爺也看不上眼兒來的。」

到晚飯，老胡家又把有二伯他們二位請去了，又在那裡喝的酒。因為他們幫了人家的忙，人家要酬謝他們。

10.

老胡家的團圓媳婦死了不久，他家的大孫子媳婦就跟人家跑了。

奶奶婆婆後來也死了。

他家的兩個兒媳婦，一個爲著那團圓媳婦瞎了一隻眼睛，因爲她天天哭，哭

她那花在團圓媳婦身上的傾家蕩產的五千多吊錢。

另外的一個因爲她的兒媳婦跟著人家跑了，要把她羞辱死了，一天到晚的，

不梳頭，不洗臉的坐在鍋台上抽著煙袋。有人從她旁邊過去，她高興的時候，她

向人說：「妳家裡的孩子、大人都好哇？」

她不高興的時候，她就向著人臉，吐一口痰。

她變成一個半瘋了。

老胡家從此不大被人記得了。

11.

我家的背後有一個龍王廟，廟的東角上有一座大橋。

人們管這橋叫「東大橋」。

那橋下有些冤魂枉鬼，每當陰天下雨，從那橋上經過的人，往往聽到鬼哭的

聲音。據說，那團圓媳婦的靈魂，也來到了東大橋下。說她變了一隻很大的白兔，隔三差五的就到橋下來哭。

有人問她哭什麼？

她說她要回家。

那人若說：「明天，我送妳回去……」

那白兔子一聽，拉過自己的大耳朵來，擦擦眼淚，就不見了。

若沒有人理她，她就一哭，哭到雞叫天明。

第6章

二伯「跳井」、「上吊」這些事，都成了笑話，街上的孩子都給編成了一套歌在唱著：「有二爺跳井，沒那麼回事。」「有二伯上吊，白嚇唬人。」

1.

我家的有二伯，性情很古怪。

有東西，你若不給他吃，他就罵。若給他送上去，他就說：「你二伯不吃這個，你們拿去吃吧！」

家裡買了落花生、凍梨之類，若不給他，除了讓他看不見，若讓他找著了一點影子，他就沒有不罵的：「他媽的……王八蛋……兔羔子，有貓狗吃的，有蟑螂、耗子吃的，他媽的就是沒有人吃的……兔羔子，兔羔子……」

2.

若給他送上去，他就說：「你二伯不吃這個，你們拿去吃吧。」

有二伯的性情真古怪，他很喜歡和天空的雀子說話，他很喜歡和大黃狗談天。

他一和人在一起，他就一句話沒有了，就是有話也是很古怪的，使人聽了常常不得要領。

夏天晚飯後大家坐在院子裡乘涼的時候，大家都是嘴裡不停的講些個閑話，講得很熱鬧，就連蚊子也嗡嗡的，就連遠處的蛤蟆也呱呱的叫著。只是有二伯一聲不響的坐著。他手裡拿著蠅甩子，東甩一下，西甩一下。

若有人問他的蠅甩子是馬鬃的還是馬尾的？他就說：「啥人玩啥鳥，武大郎玩鴨子。馬鬃，都是貴東西，那是穿綢穿緞的人拿著，腕上戴著藤蘿鐲，指上戴著大攀指，什麼人玩什麼物。窮人、野鬼，不要自不量力，讓人家笑話……」

傳說天上的那顆大昴星，就是灶王爺騎著毛驢上西天的時候，他手裡打著的那個燈籠，因為毛驢跑得太快，一不加小心燈籠就吊在天空了。我就常常把這個話題來問祖父，說那燈籠為什麼被吊在天空，就永久長在那裡了，為什麼不落在地上來？

這話題，我看祖父也回答不出的，但是因為我的非問不可，祖父也就非答不可了。他說，天空裡有一個燈籠桿子，那才高呢，大昴星就挑在那燈籠桿子上，

並且那燈籠桿子，人的眼睛是看不見的。

我說：「不對。我不相信……」

我說：「沒有燈籠桿子，若是有，為什麼我看不見？」

於是祖父又說：「天上有一根線，大昴星就被那線繫著。」

我說：「我不信，天上沒有線的，有為什麼我看不見？」

祖父說：「線是細的麼，妳哪能看見？就是誰也看不見的。」

我就問祖父：「誰也看不見，你怎麼看見啦？」

乘涼的人都笑了，都說我真厲害。

於是祖父被逼得東說西說，說也說不上來了。眼看祖父是被我逼得胡謅起來，

我也知道他是說不清楚的了，不過我越看他胡謅我就越逼他。

到後來，連大昴星是龍王爺的燈籠這回事，我也推翻了。我問祖父大昴星到

底是個什麼？

別人看我糾纏不清了，就有出主意的讓我問有二伯去。

我跑到了有二伯坐著的地方，我還沒有問，剛一碰了他的蠅甩子，他就把我

嚇了一跳。他把蠅甩子一抖，嗝嘮一聲：「妳這孩子，遠點去吧……」使我不得

不站得遠一點，我說：「有二伯，你說天上的大昴星到底是個什麼？」

他沒有立刻回答我，他似乎想了一想，才說：「窮人不觀天象。狗咬耗子，貓看家，多管閒事。」

我又問，我以為他沒有聽準：「大昴星是龍王爺的燈籠嗎？」

他說：「妳二伯雖然也長了眼睛，但是一輩子沒有看見什麼。妳二伯雖然也長了耳朵，但是一輩子也沒有聽見什麼。妳二伯是又聾又瞎，這話可怎麼說呢？比方那亮亮堂堂的大瓦房吧，妳二伯也有看見了的，可是看見了怎麼樣，是人家的，看見了也是白看。聽也是一樣，聽見了又怎樣，與妳不相干……妳二伯活著是個不相干……星星，月亮，颱風，下雨，那是天老爺的事情，妳二伯不知道……」

有二伯真古怪，他走路的時候，他的腳踢到了一塊磚頭，那磚頭把他的腳碰痛了。他就很小心的彎下腰去把磚頭拾起來，他細細的端詳著那磚頭，看看那磚頭長得是否不瘦不胖合適，是否順眼，看完了，他才和那磚頭開始講話：「你這小子，我看你也是沒有眼睛，也是跟我一樣，也是瞎模糊眼的。不然你為啥往我腳上撞，若有膽子撞，就撞那個耀武揚威的，腳上穿著靴子鞋的……你撞我還不

是個白撞，撞不出一大二小來，臭泥子滾石頭，越滾越臭……」

他和那磚頭把話談完了，他才順手把它拋開去，臨拋開的時候，他還最後囑

咐了它一句：「下回你往那穿鞋穿襪的腳上去碰呵。」

他這話說完了，那磚頭也就拍搭的落到了地上。原來他沒有拋得多遠，那磚

頭又落到原來的地方。

有二伯走在院子裡，天空飛著的麻雀或是燕子若落了一點糞在他的身上，他

就停下腳來，站在那裡不走了。他揚著頭，他罵著那早已飛過去了的雀子，大意

是：那雀子怎樣怎樣不該把糞落在他身上，應該落在那穿綢穿緞的人的身上。不

外罵那雀子糊塗瞎眼之類。

可是那雀子很敏捷的落了糞之後，早已飛得無影無蹤了，於是他就罵著他頭

頂上那塊藍瓦瓦的天空。

3.

有二伯說話的時候，把「這個」說成「介個」。

「那個人好。」

「介個人壞。」

「介個人狼心狗肺。」

「介個物不是物。」

「家雀也往身上落糞，介個年頭是啥年頭。」

4.

還有，有二伯不吃羊肉。

5.

祖父說，有二伯在三十年前他就來到了我們家裡，那時候他才三十多歲。而今有二伯六十多歲了。他的乳名叫有子，他已經六十多歲了，還叫著乳名。祖父叫他：「有子做這個。」「有子做那個。」

我們叫他有二伯。老廚子叫他有二爺。

他到房戶，地戶那裡去，人家叫他有二伯。

他到北街頭的燒鍋去，人家叫他有二東家。

他到油房去抬油，人家也叫他有二掌櫃的。

他到肉舖子上去買肉，人家也叫他有二掌櫃的。

一聽人家叫他「二掌櫃的」，他就笑逐顏開。叫他有二爺，叫他有二東家，叫他有二伯，也都是一樣的笑逐顏開。

有二伯最忌諱人家叫他的乳名，比方街上的孩子們，那些討厭的，就常常在他的背後拋一顆石子，掘一捧灰土，嘴裡邊喊著「有二子」、「大有子」、「小有子」。有二伯一遇到這機會，就沒有不立刻打了過去的，他手裡若是拿著蠅甩子，他就用蠅甩子把去打，他手裡若是拿著煙袋，他就用煙袋鍋子去打。

把他氣得像老母雞似的，把眼睛都氣紅了。

那些頑皮的孩子們一看他打了來，就立刻說，「有二爺，有二東家，有二掌櫃的，有二伯。」並且舉起手來作著揖，同他朝拜著。

有二伯一看他們這樣子，立刻就笑逐顏開，也不打他們了，就走自己的路去了。

可是他走不了多遠，那些孩子們就在後邊又吵起來了，什麼：

「有二爺，兔兒爺。」

「有二伯，打槳桿。」

「有二東家，捉大王八。」

他在前邊走，孩子們還在他背後的遠處喊。一邊喊著，一邊揚著街道上的灰土，灰土高飛著一會工夫，街上鬧成個小旋風似的了。

有二伯不知道聽見了這個與否，但孩子們以爲他是聽見了的。

有二伯卻很莊嚴的，連頭也不回的一步一步的沉著的向前走去了。

老廚子總是一開口「有二爺」，一閉口「有二爺」的叫著。

「有二爺的蠅甩子……」

「有二爺的煙袋鍋子……」

「有二爺的煙荷包……」

「有二爺的煙荷包疙瘩……」

「有二爺吃飯啦……」

「有二爺，天下雨啦……」

「有二爺快看吧，院子裡的狗打仗啦……」

「有二爺，貓上牆頭啦……」

「有二爺，你的蠅甩子掉了毛啦。」

「有二爺，你的草帽頂落了家雀糞啦。」

老廚子一向是叫他「有二爺」的。惟獨他們兩個一吵起來的時候，老廚子就說：

「我看你這個『二爺』一丟了，就只剩下個『有』字了。」

「有字」和「有子」差不多，有二伯一聽正好是他的乳名。

於是他和老廚子罵了起來，他罵他一句，他罵他兩句，越罵聲音越大。有時他們兩個也就打了起來。但是過了不久，他們兩個又照舊的好了起來。又是

「有二爺這個。」

「有二爺那個。」

老廚子一高興來，就說：「有二爺，我看你的頭上去了個『有』字，不就只

剩了『二爺』」嗎？」

有二伯於是又笑逐顏開了。

祖父叫他「有子」，他不生氣，他說：「向皇上說話，還稱自己是奴才呢！總也得有個大小。宰相大不大？可是他見了皇上也得跪下，在萬人之上，在一人之下。」

有二伯的膽子是很大的，他什麼也不怕。我問他怕狼不怕？他說：「狼有什麼怕的？在山上，你二伯小的時候上山放豬去，那山上就有狼。」

我問他敢走黑路不敢？

他說：「走黑路怕啥的？沒有愧心事，不怕鬼叫門。」

我問他夜裡一個人，敢過那東大橋嗎？

他說：「有啥不敢的？妳二伯就是愧心事不敢做，別的都敢。」

有二伯常常說，跑毛子的時候（日俄戰時）他怎樣怎樣的膽大，全城都跑空了，我們家也跑空了。那毛子拿著大馬刀在街上跑來跑去，騎在馬身上。那真是殺人無數，見了關著大門的就敲，敲開了，抓著人就殺。

有二伯說：「毛子在街上跑來跑去，那大馬蹄子跑得呱呱的響，我正自己煮

麵條吃呢，毛子就來敲大門來了，在外邊喊著『裡邊有人沒有？』若有人快點把門打開，不打開毛子就要拿刀把門劈開的，劈開門進來，那就沒有好，非殺不可……」

我就問：「有二伯你可怕？」

他說：「妳二伯燒著一鍋開水，正在下著麵條。那毛子在外邊敲，妳二伯還在屋裡吃麵呢……」

我還是問他：「你可怕？」

他說：「怕什麼？」

我說：「那毛子進來，他不拿馬刀殺你？」

他說：「殺了又怎麼樣！不就是一條命嗎？」

可是每當他和祖父算起賬來的時候，他就不這麼說了。他說：「人是肉長的呀！人是爹娘養的呀！誰沒有五臟六腑？不怕，怎麼能不怕！也是嚇得抖抖亂顫，眼看著那是大馬刀，一刀下來，一條命就完了。」

我一問他：「你不是說過，你不怕嗎？」

這種時候，他就會罵我：「沒心肝的，遠的去著罷！不怕，是人還有不怕的

……」不知怎麼的，他一和祖父提起跑毛子來，他就膽小了，他自己越說越怕，有的時候他還哭了起來。說那大馬刀閃光湛亮，說那毛子騎在馬上亂殺亂砍。

6.

有二伯的行李，是零零碎碎的，一掀動他的被子就從被角往外流著棉花；一掀動他的褥子，那所舖著的氈片，就一片一片的好像活動地圖似的一省一省的割據開了。有二伯的枕頭，裡邊裝的是蕎麥殼，每當他一掄動的時候，那枕頭就在角上或是在肚上漏了餡了，花花的往外流著蕎麥殼。

有二伯是愛護他這一套行李的，沒有事的時候，他就拿起針來縫它們。縫縫枕頭，縫縫氈片，縫縫被子。

不知他的東西，怎那樣的不結實，有二伯三天兩天的就要動手縫一次。

有二伯的手是很粗的，因此他拿著一顆很大的大針，他說太小的針他拿不住的。他的針是太大了點，迎著太陽，好像一顆女人頭上的銀簪子似的。他往針鼻

裡穿線的時候，那才好看呢！他把針線舉得高高的，睜著一個眼睛，閉著一個眼睛，好像是在瞄準，好像他在半天空裡看見了一樣東西，他想要快快的拿它，又怕拿不準跑了，想要研究一會再去拿，又怕過一會就沒有了。於是他的手一著急就哆嗦起來，那才好看呢！

7.

有二伯的行李，睡覺起來，就捲起來的。捲起來之後，空繩子綑著，好像他每天要去旅行的樣子。有二伯沒有一定的住處，今天住在那喀喀響著房架子的粉房裡，明天住在養豬的那家的小豬官的炕梢上，後天也許就和那後磨房裡的馮歪嘴子一條炕睡上了。反正他是什麼地方有空他就在什麼地方睡。

他的行李他自己揹著，老廚子一看他揹起行李，就大嚷大叫的說：「有二爺，又趕集去了……」

有二伯也就遠遠的回答著他：「老王，我去趕集，你有啥捎的沒有呵？」

於是有二伯又自己走自己的路，到房戶的家裡的方便地方去投宿去了。

有二伯的草帽沒有邊沿，只有一個帽頂，他的臉焦焦黑，他的頭頂雪雪白。

黑白分明的地方，就正是那草帽扣下去被切得溜齊的腦蓋的地方。他每一摘下帽子來，是上一半白，下一半黑，就好像後園裡的矮瓜曬著太陽的那半是綠的，背著陰的那半是白的一樣。

不過，他一戴起草帽來也就看不見了。他戴帽的尺度是很準確的，一戴就把帽邊很準確的切在了黑白分明的那條線上。不高不低，就正正的在那條線上。偶爾也戴得略微高了一點，但是這種時候很少，不大被人注意。那就是草帽與腦蓋之間，好像鑲了一膛窄窄的白邊似的，有那麼一膛白線。

8.

有二伯穿的是大半截子的衣裳，不是長衫，也不是短衫，而是齊到膝頭那麼長的衣裳，那衣裳是魚藍色竹布的，帶著四方大尖托領，寬衣大袖，懷前帶著大麻銅鈕子。

這衣裳本是前清的舊貨，壓在祖父的箱底裡，祖母一死，就陸續的穿在有二伯的身上了。所以有二伯一走在街上，都不知他是哪個朝代的人。

老廚子常說：「有二爺，你寬衣大袖的，和尚看了像和尚，道人看了像道人。」

有二伯是喜歡捲著褲腳的，所以耕田種地的莊稼人看了，又以為他是一個莊稼人，一定是插秧了剛剛回來。

9.

有二伯的鞋子，不是前邊掉了底，就是後邊缺了跟。

他自己前邊掌掌，後邊釘釘，似乎釘也釘不好，掌也掌不好，過了幾天，又是掉底缺跟仍然照舊。

走路的時候拖拖的，再不然就搭搭的。前邊掉了底，那鞋就張著嘴，他的腳好像舌頭似的，每一邁步，就在那大嘴裡邊活動著；後邊缺了跟，每一走動，就

10.

踢踢踏踏的腳跟打著鞋底發響。

有二伯的腳，永遠離不開地面，母親說他的腳下了千斤閘。

老廚子說有二伯的腳上了絆馬鎖。

有二伯自己則說：「妳二伯掛了絆腳絲了。」

絆腳絲是人臨死的時候掛在兩隻腳上的繩子。有二伯就這樣的說著自己。

有二伯雖然作弄成一個耍猴不像耍猴的，討飯不像討飯的，可是他一走起路來，卻是端莊、沉靜，兩個腳跟非常有力，打得地面咚咚的響，而且是慢吞吞的前進，好像一位大將軍似的。

有二伯一進了祖父的屋子，那擺在琴桌上的那口黑色的坐鐘，鐘裡邊的鐘擺，就常常格夌夌、格夌夌的響了一陣就停下來了。

原來有二伯的腳步過於沉重了點，好像大石頭似的打著地板，使地板上所有

的東西，一時都起了跳動。

有二伯偷東西被我撞見了。

11.

秋末，後園裡的大榆樹也落了葉子，園裡荒涼了，沒有什麼好玩的了。

長在前院的蒿草，也都敗壞了而倒了下來，房後菜園上的各種秧棵完全掛滿了白霜，老榆樹全身的葉子已經沒有多少了，可是秋風還在搖動著它。天空是發灰的，雲彩也失了形狀，好像被洗過硯台的水盆，有深有淺，混洞洞的。這樣的雲彩，有的帶來了雨點，有時帶來了細雪。

這樣的天氣，我為著外邊沒有好玩的，我就在藏亂東西的後房裡玩著。我爬上了裝舊東西的屋頂去。

我是登著箱子上去的，我摸到一個小琉璃罐，那裡邊裝的完全是墨棗。

等我抱著這罐子要下來的時候，可就下不來了，方才上來的時候，我登著的

那箱子，有二伯站在那裡正在開著它。

他不是用鎖匙開，他是用鐵絲在開。我看著他開了很多時候，他用牙齒咬著他手裡的那塊小東西⋯⋯他歪著頭，咬得格格拉拉的發響。咬了之後又放在手裡扭著它，而後又把它觸到箱子上去試一試。

他顯然不知道我在棚頂上看著他，他既打開了箱子，他就把沒有邊沿的草帽脫下來，把那塊咬了半天的小東西就壓在帽頂裡面。他把箱子翻了好幾次，紅色的椅墊，藍色粗布的繡花圍裙，女人的繡花鞋子⋯⋯還有一團滾亂的花色的絲線，在箱子底上還躺著一隻湛黃的銅酒壺。

有二伯用他滿都是脈絡的粗手把繡花鞋子，亂絲線，抓到一邊去，只把銅酒壺從那一堆之中抓出來了。太師椅上的紅墊子，他把它放在地上，用腰帶綑了起來。銅酒壺放在箱子蓋上，而後把箱子鎖了。

看樣子他好像要帶著這些東西出去，不知為什麼，他沒有帶東西，他自己出去了。我一看他出去，我趕快的登著箱子就下來了。

我一下來，有二伯就又回來了，這一下子可把我嚇了一跳，因為我是在偷墨棗，若讓母親曉得了，母親非打我不可。平常我偷著把雞蛋饅頭之類，拿出去和

鄰居家的孩子一塊去吃，有二伯一看見就沒有不告訴母親的，母親一曉得就打我。

他先提起門旁的椅墊子，而後又來拿箱子蓋上的銅酒壺。等他掀著衣襟把銅

酒壺壓在肚子上邊，他才看到牆角上站著的是我。

他的肚子前壓著銅酒壺，我的肚子前抱著一罐墨棗。他偷，我也偷，所以兩

邊害怕。有二伯一看見我，立刻頭蓋上就冒著很大的汗珠。他說：「妳不說麼？」

「說什麼……」

「不說，好孩子……」他拍著我的頭頂。

「那麼，你讓我把這琉璃罐拿出去。」

他說，「拿吧。」

他一點沒有阻擋我。我看他不阻擋我，我還在門旁的筐子裡抓了四五個大饅

頭，就跑了。

有二伯還在糧食倉子裡邊偷米，用大口袋揹著，揹到大橋東邊那糧米舖去賣

了。有二伯還偷各種東西，錫火鍋、大銅錢、煙袋嘴……反正家裡邊一丟了東西，

就說有二伯偷去了。

有的東西是老廚子偷去的，也就賴上了有二伯。有的東西是我偷著拿出去玩

了，也賴上了有二伯。還有比方一個鐮刀頭，根本沒有丟，只不過放忘了地方，等用的時候一找不到，就說有二伯偷去了。

有二伯帶著我上公園的時候，他什麼也不買給我吃。公園裡邊賣什麼的都有，油炸糕、香油掀餅、豆腐腦、碗碟。他一點也不買給我吃。我若是稍稍在那賣東西吃的旁邊一站，他就說：「快走吧，快往前走。」

逛公園就好像趕路似的，他一步也不讓我停。

公園裡變把戲的、耍熊瞎子的都有，敲鑼打鼓，非常熱鬧。而他不讓我看。

我若是稍稍的在那變把戲的前邊停了一停，他就說：「快走吧，快往前走。」

不知為什麼他時時在追著我。

等走到一個賣冰水的白布篷前邊，我看見那玻璃瓶子裡邊泡著兩個焦黃的大佛手，這東西我沒有見過，我就問有二伯那是什麼？

他說：「快走吧，快往前走。」

好像我若再多看一會工夫，人家就要來打我了似的。

等來到跑馬戲的近前，那裡邊連喊帶唱的，實在熱鬧，我就非要進去看不可。

有二伯則一定不進去，他說：「沒有什麼好看的……」

他說：「妳二伯不看介個……」

他又說：「家裡邊吃飯了。」

他又說：「妳再鬧，我打妳。」

到了後來，他才說：「妳二伯也是願意看，好看的有誰不願意看？妳二伯沒有錢，沒有錢買票，人家不讓咱進去。」

在公園裡邊，當場我就拉住了有二伯的口袋，給他施以檢查，檢查出幾個銅板來，買票這不夠的。有二伯又說：「妳二伯沒有錢……」

我一急就說：「沒有錢你不會偷？」

有二伯聽了我那話，臉色雪白，可是一轉眼之間又變成紅的了。他通紅的臉上，他的小眼睛故意的笑著，他的嘴唇顫抖著，好像他又要照著他的習慣，一串一串的說一大套的話。但是他沒有說。

「回家吧！」他想了一想之後，他這樣的招呼著我。

我還看見過有二伯偷過一個大澡盆。

我家院子裡本來一天到晚是靜的，祖父常常睡覺，父親不在家裡，母親也只是在屋子裡邊忙著，外邊的事情，她不大看見。

尤其是到了夏天睡午覺的時候，全家都睡了，連老廚子也睡了，連大黃狗也睡在蔭涼的地方了。所以前院、後園，靜悄悄的一個人也沒有，一點聲音也沒有。

就在這樣的一個白天，一個大澡盆被一個人揹著在後園裡邊走起來了。那大澡盆是白洋鐵的，在太陽下邊閃光湛亮。大澡盆有一人多長，一邊走著還一邊光郎光郎的響著。看起來很害怕，好像瞎話上的白色的大蛇。

那大澡盆太大了，扣在有二伯的頭上，一時看不見有二伯，只看見了大澡盆。

好像那大澡盆自己走動了起來似的。再一細看，才知道是有二伯頂著它。

有二伯走路，好像是沒有眼睛似的，東倒一倒，西斜一斜，兩邊歪著。我怕他撞到了我，我就靠住了牆根上。那大澡盆是很深的，從有二伯頭上扣下來，一直扣到他的腰間。所以他看不見路了，他摸著往前走。

有二伯偷了這個澡盆之後，就像他偷那銅酒壺的一樣，一被發現了之後，老廚子就天天戲弄他，用各種的話戲弄著有二伯。

有二伯偷了銅酒壺之後，每當他一拿著酒壺喝酒的時候，老廚子就問他：「有二爺，喝酒還是銅酒壺好呀，還是錫酒壺好！」

有二伯說：「什麼的還不是一樣，反正喝的是酒。」

老廚子說：「不見得吧，大概還是銅的好呢……」

有二伯說：「銅的有啥好？」

老廚子說：「對了，有二爺。咱們就是不要銅酒壺，銅酒壺拿去賣了也不值錢。」

旁邊的人聽到這裡都笑了，可是有二伯還不自覺。

老廚子問有二伯：「一個銅酒壺賣多少錢！」

有二伯說：「沒賣過，不知道。」

到後來老廚子又說五十吊，又說七十吊。有二伯說：「哪有那麼貴的價錢？好大一個銅酒壺還賣不上三十吊呢。」

於是把大家都笑壞了。

自從有二伯偷了澡盆之後，那老廚子就不提酒壺，而常常問有二伯洗澡不洗澡，問他一年洗幾次澡，問有二伯一輩子洗幾次澡。他還問人死了到陰間也洗澡的嗎？

有二伯說：「到陰間，陰間陽間一樣，活著是個窮人，死了是條窮鬼。窮鬼閻王爺也不愛惜，不下地獄就是好的。還洗澡呢！別沾汙了那洗澡水。」

老廚子於是說：「有二爺，照你說的，窮人是用不著澡盆的囉！」

有二伯有點聽出來了，就說：「陰間沒去過，用不用不知道。」

「不知道？」

「不知道。」

「我看你是明明知道，我看你是昧著良心說瞎話……」老廚子說。

於是兩個人打起來了。有二伯逼著問老廚子，他那兒昧過良心。有二伯說：

「一輩子沒昧過良心。走得正，行得端，一步兩腳窩……」

老廚子說：「兩腳窩，看不透……」

有二伯正顏厲色的說：「你有什麼看不透的？」

老廚子說：「說出來怕你羞死！」

有二伯說：「死？死不了，你別看我窮，窮人還有個窮活頭。」

老廚子說：「我看你也是死不了。」

有二伯說：「死不了。」

老廚子說：「死不了，老不死，我看你也是個老不死的。」

有的時候，他們兩個能接續著罵了一兩天，每次到後來，都是有二伯打了敗

仗。老廚子罵他是個老「絕後」。

有二伯每一聽到這兩個字，就基於一切別的字，比「見閻王」更壞。於是他哭了起來，他說：「可不是麼？死了連個添墳上土的人也沒有。人活一輩子是個白活，到了歸終是一場空……無家無業，死了連個打靈頭幡的人也沒有。」

於是他們兩個又和和平平的，笑笑嘻嘻的照舊的過和平的日子。

12.

後來我家在五間正房的旁邊，造了三間東廂房。

這新房子一造起來，有二伯就搬回家裡來住了。

我家是靜的，尤其是夜裡，連雞鴨都上了架，房頭的鴿子，檐前的麻雀也都各自回到自己的窩裡去睡覺了。這時候就常常聽到廂房裡的哭聲。

有一回父親打了有二伯，父親三十多歲，有二伯快六十歲了。他站起來就被父親打倒下去，他再站起來，又被父親打倒下去，最後他起不來了，他躺在院子

裡邊了，而他的鼻子，也許是嘴還流了一些血。

院子裡一些看熱鬧的人都站得遠遠的，大黃狗也嚇跑了，雞也嚇跑了。老廚子該收柴收柴，該擔水擔水，假裝沒有看見。

有二伯孤伶伶的躺在院心，他的沒有邊的草帽，也被打掉了，所以看得見有二伯的頭部的上一半是白的，下一半是黑的，而且黑白分明的那條線就在他的前額上，好像西瓜的「陰陽面」。

有二伯就這樣自己躺著，躺了許多時候，才有兩個鴨子來啄食撒在有二伯身邊的那些血。那兩個鴨子，一個是花脖，一個是綠頭頂。

有二伯要上吊，就是這個夜裡，他先是罵著，後是哭著，到後來也不哭也不罵了。又過了一會，老廚子一聲喊起，幾乎是發現了什麼怪物似的大叫：「有二爺上吊啦！有二爺上吊啦！」

祖父穿起衣裳來，帶著我。等我們跑到廂房去一看，有二伯不在了。老廚子在房子外邊招呼著我們。我們一看南房梢上掛了繩子，是黑夜，本來看不見，是老廚子打著燈籠我們才看到的。

南房梢上有一根兩丈來高的橫桿，繩子在那橫桿上拖拖落落的垂著。

有二伯在哪裡呢？等我們拿燈籠一照，才看見他在房牆的根邊，好好的坐著。

他也沒有哭，他也沒有罵。

等我再拿燈籠向他臉上一照，我看他用哭紅了的小眼睛瞪了我一下。

過了不久，有二伯又跳井了。

是在同院住的挑水的來報的信，又敲窗戶又打門。我們跑到井邊上一看，有二伯並沒有在井裡邊，而是坐在井外邊，而是離開井口五十步之外的安安穩穩的柴堆上。他在那柴堆上安安穩穩的坐著。

我們打著燈籠一照，他還在那裡拿著小煙袋抽煙呢。

老廚子、挑水的、粉房裡的漏粉的都來了，驚動了不少的鄰居。

他開初是一動不動。後來他看人們來全了，他站起來就往井邊上跑，於是許多人就把他抓住了，那許多人，哪裡會眼看著他在跳井的。

有二伯在跳井，他的煙荷包、小煙袋都帶著，人們推勸著他回家的時候，那柴堆上還有一枝小洋蠟，他說：「把那洋蠟給我帶著。」

後來有二伯「跳井」、「上吊」這些事，都成了笑話，街上的孩子都給編成了一套歌在唱著：「有二爺跳井，沒那麼回事。」「有二伯上吊，白嚇唬人。」

老廚子說他貪生怕死，別人也都說他死不了。

以後有二伯再「跳井」、「上吊」也都沒有人看他了。

有二伯還是活著。

13.

我家的院子是荒涼的，冬天一片白雪，夏天則滿院蒿草。風來了，蒿草發著聲響，雨來了，蒿草梢上冒煙了。

沒有風，沒有雨，則關著大門靜靜的過著日子。

狗有狗窩，雞有雞架，鳥有鳥籠，一切各得其所。惟獨有二伯夜夜不好好的睡覺。在那廂房裡邊，他自己半夜三更的就講起話來。

「說我怕『死』，我也不是吹，叫過三個兩個來看！問問他們見過『死』沒有！那俄國毛子的大馬刀閃光湛亮，說殺就殺，說砍就砍。那些膽大的，不怕死的，一聽說俄國毛子來了，只顧逃命，連家業也不要了。那時候，若不是這膽小

的給他守著，怕是跑毛子回來連條褲子都沒有穿的。到了如今，吃得飽，穿得暖，

前因後果連想也不想，早就忘到九霄雲外去了。良心長到肋條上，黑心荔，鐵面

那俄國毛子的大馬刀罷，見人就砍，可是我也沒有怕過，說我怕死……介年頭是

人……」

「……說我怕死，我也不是吹，兵馬刀槍我見過，霹雷、黃風我見過。就說

兌狼，他說：「狼心狗肺，介個年頭的人狼心狗肺的，吃香的喝辣的。好人在介

伯上去搶救不少的東西。又是他的小時候，上山去打柴，遇見了狼，那狼是多麼

沒有敢過的，有二伯說他敢過。又是什麼時候有一次著大火，別人都逃了，有二

那東廂房裡，有二伯一套套的講著，又是河溝漲水了，水漲得多麼大，別人

個年頭，是個王八蛋、兔羔子……」

「兔羔子，兔羔子……」

有二伯在夜裡睡不著，有的時候就來在院子裡沒頭沒尾的「兔羔子兔羔子」

自己說著話。半夜三更的，雞鴨貓狗都睡了。惟獨有二伯不睡。

祖父的窗子上了帘子，看不見天上的星星月亮，看不見大昴星落了沒有，看

不見三星是否打了橫樑。只見白薩薩的窗帘子被星光月光照得發白通亮。

等我睡醒了，我聽見有二伯「兔羔子兔羔子」的自己在說話，我要起來掀起窗帘來往院子裡看一看他。祖父不讓我起來。祖父說：「好好睡吧，明天早晨早早起來，咱們燒包米吃。」

祖父怕我起來，就用好話安慰著我。

等再睡覺了，就在夢中聽到了呼蘭河的南岸，或是呼蘭河城外遠處的狗咬。

於是我做了一個夢，夢見了一個大白兔。那兔子的耳朵，和那磨房裡的小驢的耳朵一般大。我聽見有二伯說「兔羔子」，我想到一個大白兔，我聽到了磨房的梆子聲，我想到了磨房裡的小毛驢，於是夢見了白兔長了毛驢那麼大的耳朵。

我抱著那大白兔，我越看越喜歡，我一笑笑醒了。醒來一聽，有二伯仍舊「兔羔子兔羔子」的坐在院子裡。後邊那磨房裡的梆子也還打得很響。

我夢見的這大白兔，我問祖父是不是就是有二伯所說的「兔羔子」？

祖父說：「快睡覺吧，半夜三更不好講話的。」

說完了，祖父也笑了，他又說：「快睡吧，夜裡不好多講話的。」

我和祖父還沒有睡著，我們聽到那遠處的狗咬，慢慢的由遠而近，近處的狗

也有的叫了起來。大牆之外，已經稀稀疏疏的有車馬經過了，原來天已經快亮了。

可是有二伯還在罵「兔羔子」，後邊磨房裡的磨官還在打著梆子。

14.

第二天早晨一起來，我就跑去問有二伯，「免羔子」是不是就是大白兔？有

二伯一聽就生氣了：「妳們家裡沒好東西，盡是些耗子，從上到下，都是良心長

在肋條上，大人是大耗子，小孩是小耗子⋯⋯」

我不知道他說的是什麼，我聽了一會，沒有聽懂。

第 7 章

馮歪嘴子的炕上不知誰家的女人睡在那裡，女人的被窩
裡邊還有一個小孩，那小孩頭還露著小頭頂呢。那小孩
頭還是通紅的呢！

1.

磨房裡邊住著馮歪嘴子。

馮歪嘴子打著梆子半夜半夜的打，一夜一夜的打。冬天還稍微好一點，夏天就更打得厲害。

那磨房的窗子臨著我家的後園。我家後園四周的牆根上都種著矮瓜西葫蘆或是黃瓜等類會爬蔓子的植物；矮瓜爬上牆頭了，在牆頭上開起花來了，有的竟越過了高牆爬到街上去，向著大街開了一朵火黃的黃花。

因此那廚房的窗子也就爬滿了那頂會爬蔓子的黃瓜了。黃瓜的小細蔓，細得像銀絲似的，太陽一來了的時候，那小細蔓閃眼湛亮，那蔓稍乾淨得好像用黃蠟抽成的絲子，一棵黃瓜秧上伸出來無數的這樣的絲子。絲蔓的尖頂每棵都是掉轉頭來向回捲曲著，好像是說它們雖然勇敢，大樹、野草、牆頭、窗櫺，到處的亂爬，但到底它們也懷著恐懼的心理。

太陽一出來，那些在夜裡冷清清的絲蔓，一變而爲溫暖了。於是它們向前發展的速率更快了，好像眼看著那絲蔓就向前跑去了。因爲種在磨房窗根下的黃瓜秧，一天爬上了窗台，兩天爬上了窗欞，等到第三天就在窗欞上開花了。

再過幾天，一不留心，那黃瓜梗經過了磨房的窗子，爬上房頂去了。

後來那黃瓜秧就像它們彼此招呼著似的，成群結隊的就都一齊把那磨房的窗給蒙住了。從此磨房裡邊的磨官就見不著天日了。磨房就有一張窗子，而今被黃瓜掩遮得風雨不透。從此那磨房裡黑沉沉的，園裡，園外，分成兩個世界了。馮歪嘴子就被分到花園以外去了。

但是從外邊看起來，那窗子實在好看，開花的開花，結果的結果。滿窗是黃瓜了。

還有一棵矮瓜秧，也順著磨房的窗子爬到房頂去了，就在房檐上結了一個大矮瓜。那矮瓜不像是從秧子上長出來的，好像是由人搬著坐在那屋瓦上曬太陽似的。實在好看。

夏天，我在後園裡玩的時候，馮歪嘴子就喊我，他向我要黃瓜。

我就摘了黃瓜，從窗子遞進去。那窗子被黃瓜秧封閉得嚴密得很，馮歪嘴子用手扒開那滿窗的葉子，從一條小縫中伸出手來把黃瓜拿進去。

有時候，他停止了打他的梆子，他問我，黃瓜長了多大了？西紅柿紅了沒有？

他與這後園只隔了一張窗子，就像關著多遠似的。

祖父在園子裡的時候，他和祖父說話。他說拉著磨的小驢，驢蹄子壞了，一瘸一瘸。祖父說請個獸醫給牠看看。馮歪嘴子說，看過了，也不見好。祖父問那驢吃的什麼藥？馮歪嘴子說是吃的黃瓜子拌高粱醋。

馮歪嘴子在窗裡，祖父在窗外，祖父看不見馮歪嘴子，馮歪嘴子看不見祖父。

有的時候，祖父走遠了，回屋去了，只剩下我一個人在磨房的牆根下邊坐著玩，我聽到了馮歪嘴子還說：「老太爺今年沒下鄉去看看哪！」

有的時候，我聽了這話，我故意的不出聲，聽聽他往下還說什麼。

有的時候，我的心裡覺得可笑，忍也不能忍住，我就跳了起來了，用手敲打著窗子，笑得我把窗上掛著的黃瓜都敲打掉了。而後我一溜煙的跑進屋去，把這情形告訴了祖父。祖父也一樣和我似的，笑得不能停了，眼睛笑出眼淚來。但是總是說，不要笑啦，不要笑啦，看他聽見。有時候祖父竟把後門關起來再笑。祖父怕馮歪嘴子聽見了不好意思。

但是老廚子就不然了。有的時候，他和馮歪嘴子談天，故意談到一半他就溜

掉了。因為馮歪嘴子隔著爬滿了黃瓜秧的窗子，看不見他走了，就自己獨自說了一大篇話，而後讓他故意得不到反響。

老廚子提著筐子到後園去摘茄子，一邊摘著一邊就跟馮歪嘴子談話，正談到半路，老廚子躡手躡足的，提著筐子就溜了，回到屋裡去燒飯去了。

這時馮歪嘴子還在磨房裡大聲的說：「西公園來了跑馬戲的，我還沒得空去看，你去看過了嗎？老王。」

其實後花園裡一個人也沒有了，蜻蜓、蝴蝶隨意的飛著，馮歪嘴子的話聲，空空的落到花園裡來，又空空的消失了。煙消火滅了。等他發現了老王早已不在花園裡。他這才又打起梆子來，看看小驢拉磨。

有二伯和馮歪嘴子談話，可從來沒有偷著溜掉過，他問下雨天，磨房的屋頂漏得屬害不屬害？磨房裡的耗子多不多？

馮歪嘴子同時也問著有二伯，今年後園裡雨水大嗎？茄子、雲豆都快罷園了吧！他們兩個彼此說完了話，有二伯讓馮歪嘴子到後園裡來走走，馮歪嘴子讓有二伯到磨房去坐坐。

「有空到園子裡來走走。」

「有空到磨房裡來坐坐。」

有二伯於是也就告別走出園子來。馮歪嘴子也就照舊打他的梆子。

秋天，大榆樹的葉子黃了，牆頭上的狗尾草乾倒了，園裡一天一天的荒涼起來了。這時候馮歪嘴子的窗子也露出來了。因為那些糾糾纏纏的黃瓜秧也都薦敗了，捨棄了窗欞而脫落下來了。

於是站在後園裡就可看到馮歪嘴子，扒著窗子就可以看到在磨房的小驢。那小驢豎著耳朵，戴著眼罩。走了三五步就響一次鼻子，每一抬腳那隻後腿就有點瘸，每一停下來，小驢就用三條腿站著。馮歪嘴子說小驢的一條腿壞了。

這窗子上的黃瓜秧一乾掉了，磨房裡的馮歪嘴子就天天可以看到的。

馮歪嘴子喝酒了，馮歪嘴子打梆子了，馮歪嘴子睡覺了，馮歪嘴子拉胡琴了，馮歪嘴子唱唱本了，馮歪嘴子搖風車了。只要一扒著那窗台，就什麼都可以看見的。

一到了秋天，新鮮黏米一下來的時候，馮歪嘴子就三天一拉磨，兩天一拉黏糕。黃米黏糕，撒上大雲豆。一層黃，一層紅，黃的金黃，紅的通紅。三個銅板一條、兩個銅板一片的用刀切著賣。願意加紅糖的有紅糖，願意加白糖的有白糖，

加了糖不另要錢。馮歪嘴子推著單輪車在街上一走，小孩子們就在後邊跟了一大幫，有的花錢買，有的圍著看。

祖父最喜歡吃這黏糕，母親也喜歡。母親有時候讓老廚子去買，有的時候讓我去買。不過，買來是有數的，一人只能吃手掌那麼大的一片，不准多吃，吃多了怕不能消化。祖父一邊吃著，一邊說夠了夠了，意思是怕我多吃。母親吃完了也說夠了，意思是怕我還要去買。其實我真的覺得不夠，覺得再吃兩塊也還不多呢！不過，經別人這樣一說，我也就沒有什麼辦法了，也就不好意思喊著再去買，但是實在話是沒有吃夠的。

當我在大門外玩的時候，推著單輪車的馮歪嘴子總是在那塊大黏糕上切下一片來送給我吃，於是我就接受了。當我在院子裡玩的時候，馮歪嘴子一喊著「黏糕」、「黏糕」的從大牆外經過，我就爬上牆頭去了。

因為西南角上的那段土牆，因為年久了出了一個豁，我就扒著那牆豁往外看著。果然馮歪嘴子推著黏糕的單輪車由遠而近了。來到我的旁邊，就問著：「要吃一片嗎？」

而我也不說吃，也不說不吃。但我也不從牆頭上下來，還是若無其事的呆在

那裡。馮歪嘴子把車子一停，於是切好一片黏糕送上來了。

一到了冬天，馮歪嘴子差不多天天出去賣一鍋黏糕的。

這黏糕在做的時候，需要很大的一口鍋，裡邊燒著開水，鍋口上坐著竹簾子。把碾碎了的黃米粉就撒在這竹簾子上，撒一層粉，撒一層豆。馮歪嘴子就在磨房裡撒的，弄得滿屋熱氣蒸蒸。進去買黏糕的時候，剛一開門，只聽屋裡火柴燒得批巴的響，竟看不見人了。

我去買黏糕的時候，我總是去得早一點，我在那邊等著，等著剛一出鍋，好買熱的。那屋裡的蒸氣實在大，是看不見人的。每次我一開門，我就說：「我來了。」

馮歪嘴子一聽我的聲音就說：「這邊來，這邊來。」

2.

有一次母親讓我去買黏糕，我略微的去得晚了一點，黏糕已經出鍋了。我慌

慌忙忙的買了就回來了。回到家裡一看，不對了。母親讓我買的是加白糖的，而我買回來的是加紅糖的。當時我沒有留心，回到家裡一看，才知道錯了。我又跑回去換。馮歪嘴子又另外切了幾片，撒上白糖。

接過黏糕來，我正想拿著走的時候，一回頭，看見了馮歪嘴子的那張小炕上掛著一張布帘。我想這是做什麼，我跑過去看一看。

我伸手就掀開布帘了，往裡邊一看，呀！裡邊還有一個小孩呢！

我轉身就往家跑，跑到家裡就跟祖父講，說那馮歪嘴子的炕上不知誰家的女人睡在那裡，女人的被窩裡邊還有一個小孩，那小孩頭還露著小頭頂呢。那小孩頭還是通紅的呢！

祖父聽了一會覺得納悶，就說讓我快吃黏糕罷，一會冷了，不好吃了。

可是我哪裡吃得下去？覺得這事情真好玩，那磨房裡邊，不單有一個小驢，還有一個小孩呢。

這一天早晨鬧得黏糕我也沒有吃，又戴起皮帽子來，跑去看了一次。

這一次，馮歪嘴子不在屋裡，不知他到哪裡去了，黏糕大概也沒有去賣，推黏糕的車子還在磨盤的旁邊扔著。我一開門進去，風就把那些蓋上白布帘吹開了，

那女人仍舊躺著不動，那小孩也一聲不哭，我往屋子的四邊觀察一下，屋子的邊處沒有什麼變動，只是磨盤上放著一個黃銅盆，銅盆裡泡著一點破布，盆裡的水已經結冰了，其餘的沒有什麼變動。

小驢一到冬天就住在磨房裡的屋裡，那小驢還是照舊的站在那裡，並且還是安安敦敦的和每天一樣的抹搭著眼睛。其餘的磨房裡的風車子、羅櫃、磨盤，都是照舊的在那裡呆著，就是牆根下的那些耗子也出來和往日一樣的亂跑，耗子一邊跑著還一邊吱吱喳喳的叫著。

我看了一會，看不出所以然來，覺得十分無趣。正想轉身出來的時候，被我發現了一個瓦盆，就在炕沿上已經像小冰山似的凍得鼓鼓的了。於是我想起這屋的冷來了，立刻覺得要打寒顫，冷得不能站腳了。我一細看那扇通到後園去的窗子也通著大洞，瓦房的房蓋也透著青天。

我開門就跑了，一跑到家裡，家裡的火爐正燒得通紅，一進門就熱氣撲臉。

我正想要問祖父，那磨房裡是誰家的小孩。這時馮歪嘴子從外邊來了。

戴著他的四耳帽子，他未曾說話先笑的樣子，一看就是馮歪嘴子。

他進了屋來，他坐在祖父旁邊的太師椅上，那太師椅墊著紅毛嗶嘰的厚墊子。

馮歪嘴子坐在那裡，似乎有話說不出來。右手不住的摸擦著椅墊子，左手不住的拉著他的左耳朵。他未曾說話先笑的樣子，笑了好幾陣也沒說出話來。我們家裡的火爐太熱，把他的臉烤得通紅的了。

他說：「老太爺，我攤了點事……」

祖父就問他攤了什麼事呢？馮歪嘴子坐在太師椅上扭扭曲曲的，摘下他那狗皮帽子來，手裡玩弄著那皮帽子。未曾說話他先笑了，笑了好一陣工夫，他才說出一句話來：「我成了家啦。」

說著，馮歪嘴子的眼睛就流出眼淚來，他說：「請老太爺幫幫忙，現下她們就在磨房裡呢！她們沒有地方住。」

我聽到了這裡，就趕快搶住了向祖父說，我說：「爺爺，那磨房裡冷呵！炕沿上的瓦盆都凍裂了。」

祖父往一邊推著我，似乎他在思索的樣子。我又說：「那炕上還睡著一個小孩呢！」

祖父答應了讓他搬到磨房南頭那個裝草的房子裡去暫住。

馮歪嘴子一聽，連忙就站起來了，說：「道謝，道謝。」

一邊說著，他的眼睛又一邊來了眼淚，而後戴起狗皮帽子來，眼淚汪汪的就走了。馮歪嘴子剛一走出屋去，祖父回頭就跟我說：「妳這孩子當人面不好多說話的。」

我那時也不過六七歲，不懂這是什麼意思，我問著祖父：「爲什麼不准說？

爲什麼不准說？」

我想可有什麼難爲情的，我不明白。

祖父說：「妳沒看馮歪嘴子的眼淚都要掉下來了嗎？馮歪嘴子難爲情了。」

3.

晌午，馮歪嘴子那磨房裡就吵起來了。

馮歪嘴子一聲不響的站在磨盤的旁邊，他的掌櫃的拿著煙袋在他的眼前罵著，掌櫃的太太一邊罵著一邊拍著風車子，她說：「破了風水了，我這碾磨房豈是你那不乾不淨的野老婆住的地方！」

「青龍白虎也是女人可以衝的嗎？」

「馮歪嘴子，從此我不發財，我就跟你算賬，你是什麼東西，你還算個人嗎？

你沒有臉，你若有臉你還能把個野老婆弄到大面上來，弄到人的眼皮下邊來……

你趕快給我滾蛋……」

馮歪嘴子說：「我就要叫她們搬的，就搬……」

掌櫃的太太說：「叫她們搬，她們是什麼東西，我不知道。我是叫你滾蛋的，

你可把人糟蹋苦了……」

說著，她往炕上一看：「唉呀！麵口袋也是你那野老婆蓋得的！趕快給我拿

下來，我說馮歪嘴子，你可把我糟蹋苦了。你可把我糟蹋苦了。」

那個剛生下來的小孩是蓋著盛麵口袋在睡覺的，一齊蓋著四五張，厚敦敦的

壓著小臉。

掌櫃的太太在旁邊喊著：「給我拿下來，快給我拿下來！」

馮歪嘴子過去把麵口袋拿下來了，立刻就露出孩子通紅的小手來，而且那小

手還伸伸縮縮的搖動著，搖動了幾下就哭起來了。

那孩子一哭，從孩子的嘴裡冒著雪白的白氣。

那掌櫃的太太把麵口袋接到手裡說：「可凍死我了，你趕快搬罷，我可沒工夫跟你吵了……」說著開了門縮著肩膀就跑回上屋去了。

王四掌櫃的，就是馮歪嘴子的東家，他請祖父到上屋去喝茶。我們坐在上屋的炕上，一邊烤著炭火盆，一邊聽到磨房裡的那小孩的哭聲。

祖父問我的手烤暖了沒有？我說還沒烤暖，祖父說：「烤暖了，回家罷。」

從王四掌櫃的家裡出來，我還說要到磨房裡去看看。祖父說，沒有什麼的，要看回家暖過來再看。磨房裡沒有寒暑表，我家裡是有的。我問祖父：「爺爺，你說磨房的溫度在多少度上？」

祖父說在零度以下。

我問：「在零度以下多少？」

祖父說：「沒有寒暑表，哪兒知道呵！」

我說：「到底在零度以下多少？」

祖父看一看天色就說：「在零下七八度。」

我高興起來了，我說：「噯呀，好冷呵！那不和室外溫度一樣了嗎？」

我抬腳就往家裡跑，井台、井台旁邊的水槽子，井台旁邊的大石頭碾子，房

戶老周家的大玻璃窗子，我家的大高煙筒，在我一溜煙的跑起來的時候，我看它們都移動動的了，它們都像往後退著。我越跑越快，好像不是我在跑，而像房子和大煙筒在跑似的。

我自己眩惑得我跑得和風一般快。

我想那磨房的溫度在零度以下，豈不是等於露天地了嗎？這真笑話，房子和露天地一樣。我越想越可笑，也就越高興。

於是連喊帶叫的也就跑到家了。

4.

下半天馮歪嘴子就把小孩搬到磨房南頭那草棚子裡去了。

那孩子哭的聲音很大，好像他並不是剛一出生，好像他已經長大的樣子。那草房裡吵得不得了，我又想去看看。

這回那女人坐起來了，身上披著被子，很長的大辮子垂在背後，面朝裡，坐

在一堆草上不知在幹什麼。她一聽門響，她一回頭，我看出來了，她就是我們同院住著的老王家的大姑娘，我們都叫她王大姐的。

這可奇怪，怎麼就是她呢？我一回頭幾乎是把我嚇了一跳。我轉身就想往家裡跑，跑到家裡好趕快的告訴祖父，這到底是怎麼回事。

她看是我，她就先向我一笑，她長的是很大的臉孔，很尖的鼻子，每笑的時候，她的鼻樑上就皺了一堆的褶。今天她的笑法還是和從前的一樣，鼻樑處堆滿了皺褶。

平常我們後園裡的菜吃不了的時候，她就提著筐到我們後園來摘些茄子、黃瓜之類回家去。她是很能說能笑的人，她是很響亮的人，她和別人相見之下，她問別人：「你吃飯了嗎？」

那聲音才大呢，好像房頂上落了鵲雀似的。

她的父親是趕車的，她牽著馬到井上去飲水，她打起水來，比她的父親打得更快，三繞兩繞就是一桶。別人看了都說：「這姑娘將來是個興家立業好手！」

她在我家後園裡摘菜，摘完臨走的時候，常常就折一朵馬蛇菜戴在頭上。

她那辮子梳得才光呢，紅辮根，綠辮梢，乾乾淨淨，又加上一朵馬蛇菜花戴在鬢

角上，非常好看。她提著筐子前邊走了，後邊的人就都指指畫畫的說她的好處。

老廚子說她大頭子大眼睛，長得怪好的。

有二伯說她膀大腰圓的帶點福相。

母親說她：「我沒有這麼大的兒子，有兒子我娶她，這姑娘真響亮。」

同院住的老周家三奶奶則說：「喲喲，這姑娘真是一棵大葵花，又高又大，妳今年十幾啦？」

周三奶奶一看到王大姐就問她十幾歲？已經問了不知幾遍了，好像一看見就必得這麼問，若不問就好像沒有話說似的。

每逢一問，王大姐也總是說：「二十了。」

「二十了，可得給說一個媒了。」再不然就是，「看誰家有這麼大的福氣，看吧，將來看吧。」

隔院的楊家的老太太，扒著牆頭一看見王大姐就說：「這姑娘的臉紅得像一盆火似的。」

現在王大姐一笑還是一皺鼻子，不過她的臉有一點清瘦，顏色發白了許多。她懷裡抱著小孩。我看一看她，她也不好意思了，我也不好意思了。我的不

好意思是因為好久不見的緣故，我想她也許是和我一樣吧。我想要走，又不好意思立刻就走開。想要多呆一會，又沒有什麼話好說的。

我就站在那裡靜靜的站了一會，我看她用草把小孩蓋了起來，把小孩放到炕上去。其實也看不見什麼是炕，烏七沼沼的都是草，地上也是草，炕上也是草，草綑子堆得房樑上去了。那小炕本來不大，又都叫草綑子給佔滿了。那小孩也就在草中偎了個草窩，鋪著草蓋著草的就睡著了。

我越看越覺得好玩，好像小孩睡在鵲雀窩裡了似的。

到了晚上，我又把全套我所見的告訴了祖父。祖父什麼也不說。但我看出來

祖父曉得的比我曉得的多的樣子。我說：「那小孩還蓋著草呢！」

祖父說：「嗯！」

我說：「那不是王大姐嗎？」

祖父說：「嗯。」

祖父是什麼也不問，什麼也不聽的樣子。

等到了晚上在煤油燈的下邊，我家全體的人都聚集了的時候，那才熱鬧呢！

連說帶講的。這個說，王大姑娘這麼的。那個說王大姑娘那麼著……說來說去，

說得不成樣子了。

說王大姑娘這樣壞，那樣壞，一看就知道不是好東西。說她說話的聲音那麼大，一定不是好東西。哪有姑娘家的，大說大講的。

有二伯說：「好好的一個姑娘，看上了一個磨房的磨官，介個年頭是啥年頭！」

老廚子說：「男子要長個粗壯，女子要長個秀氣。沒見過一個姑娘長得和一個抗大個的（抗工）似的。」

有二伯也就接著說：「對呀！老爺像老爺，娘娘像娘娘，你沒四月十八去逛過廟嗎？那老爺廟上的老爺，威風八面，娘娘廟上的娘娘，溫柔典雅。」

老廚子又說：「哪有的勾當？姑娘家家的，打起水來，比個男子大丈夫還有力氣。沒見過，姑娘家家的那麼大的力氣。」

有二伯說：「那算完，長的是一身窮骨頭窮肉，那穿綢穿緞的她不去看，她看上了個灰禿禿的磨官。真是武大郎玩鴨子，啥人玩啥鳥。」

第二天，左鄰右舍的都曉得王大姑娘生了小孩了。

周三奶奶跑到我家來探聽了一番，母親說就在那草棚子裡，讓她去看。她說：

「喲喲！我可沒那麼大的工夫去看的，什麼好勾當。」

西院的楊老太太聽了風也來了。穿了一身漿得閃光發亮的藍大布衫，頭上扣著銀扁方，手上戴著白銅的戒指。一進屋，母親就告訴她馮歪嘴子得了兒子了。

楊老太太連忙就說：「我可不是來探聽他們那些貓三狗四的，我是來問那廣和銀號的利息到底是大加一呢，還是八成？因為昨天西荒上的二小子打信來說，他老丈人要給一個親戚十幾萬吊錢。」

說完了，她莊莊嚴嚴的坐在那裡。我家的屋子太熱，楊老太太一進屋來就把臉熱的通紅。母親連忙開了北邊的那通氣窗。

通氣窗一開，那草棚子裡的小孩的那哭聲就聽見了。那哭聲特別吵鬧。

「聽聽啦，」母親說：「這就是馮歪嘴子的兒子。」

「怎麼的啦？那王大姑娘我看就不是個好東西，我就說，那姑娘將來好不了。」楊老太太說，「前些日子那姑娘忽然不見了，我就問她媽，『妳們大姑娘那兒去啦！』她媽說，『上她姥姥家去了。』一去去了這麼久沒回來，我就有點覺景。」

母親說：「王大姑娘夏天的時候常常哭，把眼圈都哭紅了，她媽說她脾氣大，

跟她媽吵架氣的。」

楊老太太把肩膀一抱說：「氣的，好大的氣性，到今天都丟了人啦，怎麼沒氣死呢？那姑娘不是好東西，你看她那雙眼睛，多麼大！我早就說過，這姑娘好不了。」

而後在母親的耳朵上喊喊喳喳了一陣，又說又笑的走了。

把她那原來到我家裡來的原意，大概也忘了。她來是為了廣和銀號利息的問題，可是一直到走也沒有再提起那廣和銀號來。

楊老太太、周三奶奶，還有同院住的那些粉房裡的人，沒有一個不說王大姑娘壞的。說王大姑娘的眼睛長得不好，說王大姑娘的力氣太大，說王大姑娘的辮子長得也太大。

5.

這事情一發，全院子的人給王大姑娘做論的做論，做傳的做傳，還有給她做

日記的。

做傳的說，她從小就在外祖母家裡養著，一天盡和男孩子在一塊，沒男沒女。

有一天她竟拿著燒火的叉子把她的表弟給打傷了。又是一天她在河溝子裡邊採菱角，她把外祖母的二十多個鴨蛋一次給偷著吃光了。又是一天她在河溝子裡邊採菱角，她自己採得少，她就把別人的菱角倒在她的筐裡了，就說是她採的。說她強橫得不得了，沒有人敢去和她分辯，一分辯，她開口就罵，舉手就打。

那給她做傳的人，說著就好像她看見過似的。她說臘月二十三，過小年的那天，王大姑娘因為外祖母少給了她一塊肉吃，她就跟外祖母打了一仗，就跑回家裡來了。「你看看吧，她的嘴該多饞。」

於是四邊聽著的人，沒有不笑的。

那給王大姑娘做傳的人，材料的確搜集得不少。

自從團圓媳婦死了，院子裡似乎寂寞了很長的一個時期，現在雖然不能說十分熱鬧。但大家總要盡力的鼓吹一番。雖然不跳神打鼓，但也總應該給大家多少開一開心。

於是吹風的、把眼的、跑線的，絕對的不辭辛苦，在飄著白白的大雪的夜裡，

也就戴著皮帽子，穿著大氈靴，站在馮歪嘴子的窗戶外邊，在那裡守候著，為的是偷聽一點什麼消息。若能聽到一點點，哪怕針孔那麼大一點，也總沒有白挨凍，好做為第二天宣傳的材料。

所以馮歪嘴子那門下在開初的幾天，竟站著不少的探訪員。

這些探訪員往往沒有受過教育，他們最喜歡造生事。

比方我家的老廚子出去探訪了一陣，回家報告說：「那草棚子才冷呢！五風樓似的，那小孩一聲不響了，大概是凍死了，快去看熱鬧吧！」

老廚子舉手舞腳的，他高興得不得了。

不一會他又戴上了狗皮帽子，他又去探訪了一陣，這一回他報告說：「他媽的，沒有死，那小孩還沒凍死呢！還在娘懷裡吃奶呢。」

這新聞發生的地點，離我家也不過五十步遠，可是一經探訪員們這一探訪，事情本來的面目可就大大的兩樣了。

有的看了馮歪嘴子的炕上有一段繩頭，於是就傳說著馮歪嘴子要上吊。

這「上吊」的刺激，給人們的力量真是不小。女的戴上風帽，男的穿上氈靴，要來這裡參觀的，或是準備著來參觀的人不知多少。

西院老楊家就有三十多口人，小孩不算在內，若算在內也有四十口了。就單說這三十多人若都來看上吊的馮歪嘴子，豈不把我家的那小草棚擠翻了嗎？就說他家那些人中有的老的病的，不能夠來，就說最低限度來上十個人吧。那麼西院老楊家來十個，同院的老周家來三個——周三奶奶、周四嬸子、外加周四嬸子懷抱著一個孩子，周老嬸子手裡牽著個孩子——她們是有這樣的習慣的，那麼一共周家老少三輩總算五口了。

還有磨房裡的漏粉匠、燒火的、跑街送貨的等等，一時也數不清是幾多人，總之這全院好看熱鬧的人也不下二三十。還有前後街上的，一聽了消息也少不了來了不少的。

「上吊」，爲啥一個好好人，活著不願意活，而願意「上吊」呢？大家快去看看吧，其中必是趣味無窮，大家快去看看吧。再說開開眼也是好的，反正也不是去看跑馬戲的，又要花錢，又要買票。

所以呼蘭河城裡凡是一有跳井投河的，或是上吊的，那看熱鬧的人就特別多，我不知道中國別的地方是否這樣，但在我的家鄉確是這樣的。

投了河的女人，被打撈上來了，也不趕快的埋，也不趕快的葬，擺在那裡一

兩天，讓大家圍著觀看。跳了井的女人，從井裡撈出來，也不趕快的埋，也不趕

快的葬，好像國貨展覽會似的，熱鬧得車水馬龍了。

其實那沒什麼好看的，假若馮歪嘴子上了吊，那豈不是看了很害怕嗎？

有一些膽小的女人，看了投河的、跳井的，三天五夜的不能睡覺。但是下次，

一有這樣的冤魂，她仍舊是去看的，看了回來就覺得那惡劣的印象就在眼前，於

是又是睡覺不安，吃飯也不香。但是不去看，是不行的，第三次仍舊去看，哪怕

去看了之後，心裡覺得恐怖，而後再買一匹黃錢紙、一札線香到十字路口上去燒

了，向著那東西南北的大道磕上三個頭，同時嘴裡說：「邪魔野鬼可不要上我的

身哪，我這裡香紙的也都打發過你們了。」

有的誰家的姑娘，為了去看上吊的，回來嚇死了。聽說不但看上吊的，就是

看跳井的，也有被嚇死的。嚇出一場病來，千醫百治的治不好，後來死了。但是

人們還是願意看，男人也許特別膽子大，不害怕。女人卻都是膽小的多，都是振

著膽子看。

還有小孩，女人也把他們帶來看，他們還沒有長成為一個人，母親就早把他

們帶來了，也許在這熱鬧的世界裡，還是提早的演習著一點的好，免得將來對於

跳井上吊太外行了。

有的探訪員曉得了馮歪嘴子從街上上買來了一把家常用的切菜的刀，於是就大放馮歪嘴子要自刎的空氣。

6.

馮歪嘴子，沒有上吊，沒有自刎，還是好好的活著。過了一年，他的孩子長大了。過年我家殺豬的時候，馮歪嘴子還到我家裡來幫忙的，幫著刮豬毛。到了晚上他吃了飯，喝了酒之後，臨回去的時候，祖父說，讓他帶了幾個大饅頭去，他把饅頭挾在腰裡就走了。

人們都取笑著馮歪嘴子，說：「馮歪嘴子有了大少爺了。」

馮歪嘴子平常給我家做一點小事，磨半斗豆子做小豆腐，或是推二斗上好的紅黏穀，做黏糕吃，祖父都是招呼他到我家裡來吃飯的。就在飯桌上，當著眾人，老廚子就說：「馮歪嘴子少吃兩個饅頭吧，留著饅頭帶給大少爺去吧……」

馮歪嘴子聽了也並不難為情，也不覺得這是嘲笑他的話，他很莊嚴的說：「他家裡有吃的，他在家裡有吃的。」

等吃完了，祖父說：「還是帶上幾個吧！」

馮歪嘴子拿起幾個饅頭來，往那兒放呢？放在腰裡，饅頭太熱。放在袖筒裡怕掉了。於是老廚子說：「你放在帽兜子裡啊！」

於是馮歪嘴子用帽兜著饅頭回家去了。

東鄰西舍誰家若是辦了紅白喜事，馮歪嘴子若也在席上的話，肉丸子一上來，別人就說：「馮歪嘴子，這肉丸子你不能吃，你家裡有大少爺的是不是？」

於是人們說著，就把馮歪嘴子應得的那一分的兩個肉丸子，用筷子夾出來，放在馮歪嘴子旁邊的小碟裡。來了紅燒肉，也是這麼照辦。來了乾果碟，也是這麼照辦。馮歪嘴子一點也感不到羞恥，等席散之後，用毛巾包著，帶回家來，給他的兒子吃了。

7.

他的兒子也和普通的小孩一樣，七個月出牙，八個月會爬，一年會走，兩年會跑了。

夏天，那孩子渾身不穿衣裳，只帶著一個花兜肚，在門前的水坑裡捉小蛤蟆。他的父親在磨房打著梆子，看管著小驢拉磨。

他的母親坐在門前給他繡著花兜肚子。

8.

又過了兩三年，馮歪嘴子的第二個孩又要出生了。馮歪嘴子歡喜得不得了，嘴都閉不上了。

在外邊，有人問他：「馮歪嘴子又要得兒子了？」

他呵呵呵。他故意的平靜著自己。

他在家裡邊，他一看見他的女人端一個大盆，他就說：「妳這是幹什麼，妳讓我來拿不好麼？」

他看見他的女人抱一綑柴火，他也這樣阻止著她：「妳讓我來拿不好麼？」

可是那王大姐，卻一天比一天瘦，一天比一天蒼白，她的眼睛更大了，她的鼻子也更尖了似的。

馮歪嘴子說，過後多吃幾個雞蛋，好好養養身子就好起來了。

他家是快樂的，馮歪嘴子把窗子上掛了一張窗簾。這張白布是新從舖子裡買來的。馮歪嘴子的窗子，三五年也沒有掛過簾子，這是第一次。

馮歪嘴子買了二斤新棉花，買了好幾尺花洋布，買了二三十個上好的雞蛋。

馮歪嘴子還是照舊的拉磨，王大姐就剪裁著花洋布做成小小的衣裳。

二三十個雞蛋，用小筐裝著，掛在二樑上，每一開門開窗的，那小筐就在高處遊盪著。

門口來一擔挑賣雞蛋的，馮歪嘴子就說：「妳身子不好，我看還應該多吃幾個雞蛋。」

馮歪嘴子每次都想再買一些，但都被孩子的母親阻止了。馮歪嘴子說：「妳從生了這小孩以來，身子就一直沒養過來。多吃幾個雞蛋算什麼呢？我多賣幾斤黏糕就有了。」

祖父一到他家裡去串門。馮歪嘴子就把這一套話告訴了祖父。他說：「那個人才儉省呢，過日子連一根柴草也不肯多燒。要生小孩子，多吃一個雞蛋也不肯。看著吧，將來會發家的……」

馮歪嘴子說完了，是很得意的。

9.

七月一過去，八月烏鴉就來了。

其實烏鴉七月裡已經來了，不過沒有八月那樣多就是了。

七月的晚霞，紅得像火似的，奇奇怪怪的，老虎、大獅子、馬頭、狗群。這一些雲彩，一到了八月，就都沒有。那滿天紅洞洞的，那滿天金黃的，滿天絳紫的，滿天朱砂色的雲彩，一齊都沒有了，無論早晨或黃昏，天空就再也沒有它們的，就再也看不見它們了。

八月的天空是靜悄悄的，一絲不掛。六月的黑雲，七月的紅雲，都沒有了。一

進了八月雨也沒有了，風也沒有了。白天就是黃金的太陽，夜裡就是雪白的月亮。

天氣有些寒了，人們都穿起夾衣來。

晚飯之後，乘涼的人沒有了，院子裡顯得冷清寂寞了許多。

雞鴨都上架去了，豬也進了豬欄，狗也進了狗窩。院子裡的蒿草，因為沒有

風，就都一動不動的站著，因為沒有雲，大昴星一出來就亮得和一盞小燈似的了。

在這樣的一個夜裡，馮歪嘴子的女人死了。第二天早晨，正遇著烏鴉的時候，

就給馮歪嘴子的女人送殯了。

烏鴉是黃昏的時候，或黎明的時候才飛過。不知道這烏鴉從什麼地方來，飛

到什麼地方去，但這一大群遮天蔽瓦的，吵著叫著，好像一大片黑雲似的從遠處

來了，來到頭上，不一會又過去了。終究過到什麼地方去，也許大人知道，孩子

們是不知道的，我也不知道。

聽說那些烏鴉就過到呼蘭河南岸那柳條林裡去的。過到那柳條林裡去做什麼？

所以我不大相信。不過，那柳條林，烏煙瘴氣的，不知那裡有些什麼，或者是過

了那柳條林，柳條林的那邊更是些個什麼。站在呼蘭河的這邊，只見那烏煙瘴氣

的，有好幾里路遠的柳條林上，飛著白白的大鳥，除了那白白的大鳥之外，究竟

還有什麼，那就不得而知了。

據說烏鴉就往那邊過，烏鴉過到那邊又怎樣，又從那邊究竟飛到什麼地方去，這個人們不大知道了。

馮歪嘴子的女人是產後死的，傳說上這樣的女人死了，大廟不收，小廟不留，是將要成為遊魂的。

我要到草棚子去看，祖父不讓我去看。我在大門口等著。

我看見了馮歪嘴子的兒子，打著靈頭幡送他的母親。

靈頭幡在前，棺材在後，馮歪嘴子在最前邊，他在最前邊領著路向東大橋那邊走去了。那靈頭幡是用白紙剪的，剪成絡絡網，剪成胡椒眼，剪成不少的輕飄飄的總子，用一根桿子挑著，扛在那孩子的肩上。

那孩子也不哭，也不表示什麼，只好像他扛不動那靈頭幡，使他扛得非常吃力似的。他往東邊越走越遠了。我在大門外看著，一直看著他走過了東大橋，幾乎是看不見了，我還在那裡看著。

烏鴉在頭上呱呱的叫著。

過了一群，又一群，等我們回到了家裡，那烏鴉還在天空裡叫著。

10.

馮歪嘴子的女人一死，大家覺得這回馮歪嘴子算完了。扔下了兩個孩子，一個四五歲，一個剛生下來。看吧，看他可怎麼辦？

老廚子說：「看熱鬧吧，馮歪嘴子又該喝酒了，又該坐在磨盤上哭了。」

東家西舍的也都說馮歪嘴子這回可非完不可了。那些好看熱鬧的人，都在準備著看馮歪嘴子的熱鬧。

可是馮歪嘴子自己，並不像旁觀者眼中的那樣的絕望，好像他活著還很有把握的樣子似的，他不但沒有感到絕望已經洞穿了他。因為他看見了他的兩個孩子，他反而鎮定下來，他覺得在這個世界上，他一定要生根的，要長得牢牢的。他不管他自己有這分能力沒有，他看別人也都是這樣做的，他覺得他也應該這樣做。

於是他照常的活在世界上，他照常的負著他那分責任。於是他自己動手餵他那剛出生的孩子，他用筷子餵他，他不吃，他用調匙餵他。

餵著小的，帶著大的，他該擔水，擔水，該拉磨，拉磨。

早晨一起來，一開門，看見鄰人到井口去打水的時候，他總說一聲：「去挑水嗎？」

若遇見了賣豆腐的，他也說一聲：「豆腐這麼早出鍋啦！」

他在這世界上，不知道人們都用絕望的眼光來看他，他不知道他自己已經處在了怎樣的一種艱難的境地。他不知道他自己已經完了。他沒有想過。

他雖然也有悲哀，他雖然也常常滿滿含著眼淚，但是他一看見他的大兒子會拉著小驢飲水了，他就立刻把那含著眼淚的眼睛笑了起來。

他說：「慢慢的就中用了。」

他的小兒子，一天一天的餵著，越餵眼睛越大，胳、臂、腿，越來越瘦。在別人眼裡，這孩子非死不可。這孩子一直不死，大家都覺得驚奇。

到後來大家簡直都莫名其妙了，對於馮歪嘴子的這孩子的不死，別人都起了恐懼的心理，覺得，這是可能的嗎？這是世界上應該有的嗎？

但是馮歪嘴子，一休息下來就抱著他的孩子。天太冷了，他就烘了一堆火給他烤著。

那孩子剛一咧嘴笑，那笑得才難看呢，因為又像笑，又像哭。其實又不

像笑，又不像哭，而是介乎兩者之間的那麼一咧嘴。

但是馮歪嘴子卻歡得不得了了。

他說：「這小東西會哄人了。」

或是：「這小東西懂人事了。」

那孩子到了七八個月才會拍一拍掌，其實別人家的孩子到七八個月，都會爬了，會坐著了，要學著說話了。馮歪嘴子的孩子都不會，只會拍一拍掌，別的都不會。馮歪嘴子一看見他的孩子拍掌，他就眉開眼笑的。

他說：「這孩子眼看著就大了。」

那孩子在別人的眼睛裡看來，並沒有大，似乎一天更比一天小似的。因為越瘦那孩子的眼睛就越大，只見眼睛大，不見身子大，看起來好像那孩子始終也沒有長一般地。那孩子好像是泥做的，而不是孩子了，兩個月之後，和兩個月之前，完全一樣。兩個月之前看見過那孩子，兩個月之後再看見，也絕不會使人驚訝，時間是快的，大人雖不見老，孩子卻一天一天的不同。

看了馮歪嘴子的兒子，絕不會給人以時間上的觀感。大人總喜歡在孩子的身上去觸到時間。但是馮歪嘴子的兒子是不能給人這個滿足的。因為兩個月前看見

過他那麼大，兩個月後看見他還是那麼大，還不如去看後花園裡的黃瓜，那黃瓜

三月裡下種，四月裡爬蔓，五月裡開花，五月末就吃大黃瓜。

但是馮歪嘴子卻不這樣的看法，他看他的孩子是一天比一天大。

大的孩子會拉著小驢到井邊上去飲水了。小的會笑了，會拍手了，會搖頭了。

給他東西吃，他會伸手來拿，而且小牙也長出來了。

（微微的一咧嘴笑，那小白牙就露出來了。）

尾聲

呼蘭河這小城裡邊，以前住著我的祖父，現在埋著我的祖父。

我生的時候，祖父已經六十多歲了，我長到四五歲，祖父就快七十了。我還沒有長到二十歲，祖父就七八十歲了。

祖父一過了八十歲，就死了。

從前那後花園的主人，而今不見了。

老主人死了，小主人逃荒去了。

那園裡的蝴蝶、螞蚱、蜻蜓，也許還是年年仍舊，也許現在完全荒涼了。

小黃瓜，大矮瓜，也許還是年年的種著，也許現在根本沒有了。

那早晨的露珠是不是還落在花盆架上，那午間的太陽是不是還照著那大向日葵，那黃昏時候的紅霞是不是還會一會工夫變出一匹馬來，一會工夫變出一匹狗來，那麼變著。

這些不能想像了。

聽說有二伯死了。

老廚子就是活著年紀也不小了。

東鄰西舍也都不知怎樣了。

至於那磨房裡的磨官，至今究竟如何，則完全不曉得了。

以上我所寫的並沒有什麼幽美的故事，只因他們充滿了我幼年的記憶，忘卻不了，難以忘卻，就記在這裡了。

一九四〇年十二月二十日香港完稿

國家圖書館出版品預行編目資料

呼蘭河傳／

蕭紅著. —第1版. —：新北市, 前景

民 107.03 面；公分. - （文學經典：06）

ISBN◉978-986-6536-64-9 (平裝)

文學經典

06

呼蘭河傳

作　　者　蕭　紅
社　　長　陳維都
藝術總監　黃聖文
編輯總監　王　凌
出 版 者　前景文化事業有限公司
行銷企劃　普天出版家族有限公司
　　　　　新北市汐止區康寧街 169 巷 25 號 6 樓
　　　　　TEL／(02) 26921935 (代表號)
　　　　　FAX／(02) 26959332
　　　　　E-mail：popular.press@msa.hinet.net
　　　　　http://www.popu.com.tw/
　　　　　郵政劃撥 19091443 陳維都帳戶
總 經 銷　旭昇圖書有限公司
　　　　　新北市中和區中山路二段 352 號 2F
　　　　　TEL／(02) 22451480 (代表號）
　　　　　FAX／(02) 22451479
　　　　　E-mail：s1686688@ms31.hinet.net
法律顧問　西華律師事務所・黃憲男律師
電腦排版　巨新電腦排版有限公司
印製裝訂　久裕印刷事業有限公司
出 版 日　2018 (民 107) 年 3 月第 1 版
ISBN◉978-986-6536-64-9　　條碼 9789866536649
Copyright◎2018
Printed in Taiwan, 2018 All Rights Reserved